UN REGARD BLEU

DU MÊME AUTEUR

*

Giboulées de soleil, Alma Éditeur, 2016.
Une verrière sous le ciel, Alma Éditeur, 2018.
La Symphonie du nouveau monde, Alma Éditeur, 2019.

Lenka Horňáková-Civade

UN REGARD BLEU

ALMA ÉDITEUR

Alma Éditeur a bénéficié pour sa diffusion et sa commercialisation d'un partenariat avec la Société Nouvelle Éditions Anne Carrière.

ISBN : 978-2-36279-600-5

Regarde, de tous tes yeux regarde !

Jules Verne, *Michel Strogoff*

Comment faire pour que l'homme connaisse le bien, veuille le faire et le fasse même quand personne ne le regarde ?

Comenius

LA COLÈRE

1656

Je devrais me sentir honoré et goûter ma gloire, tant de monde rien que pour moi. J'espère que je suis beau, non, j'en suis sûr. Et que cette beauté leur crève les yeux. Ils ne réussiront pas à me faire baisser les miens. C'est tout ce que j'ai, mes yeux, c'est là toute la différence avec eux.

Les vampires et les vipères, tout contents, se délectent de mon sang, de mon or, de mes biens. De ma réputation. On salit mon fils, on le traîne au tribunal, et même ma femme, enfin ma compagne, est l'objet de leur haine.

Allez-y, les sangsues, prenez jusqu'à la dernière de mes moindres pacotilles, servez-vous, goinfrez-vous, remplissez vos gosiers, paradez attifés de mes vêtements devant ce qui était ma maison, mimez ma démarche, mes gestes, riez de moi ! Jamais, ô grand jamais, vous n'arriverez à m'éclabousser de votre jalousie, de votre méchanceté ni de l'avidité de mes créanciers. J'ai des dettes. Et alors ! Le monde est ainsi fait. On doit toujours quelque chose à quelqu'un. Moi, c'est un peu de sous à quelques rapiats enrobés de velours. Si vous saviez, vous tous, vous qui me regardez ! Pauvres aveugles, c'est moi qui vous vois, il n'y a que moi qui vois dans cette rue, dans cette ville.

Je vois votre plaisir d'assister à la mise à terre d'un homme. Vos pupilles se dilatent, à l'affût, vos narines frémissent pour chaque objet sorti de ma maison. Vous admirez mes chaises aux accoudoirs sculptés, ma vaisselle en étain et en argent, mes bougeoirs. Combien vous font saliver les différents coffres que portent ces hommes. Vous mesurez leur poids à la rougeur des portefaix ; plus ils sont courbés plus votre respiration s'accélère. Vous estimez la valeur des trésors enfermés, toujours plus attirants que ceux qui se voient. Cachés à vos yeux mais si près, il suffirait de si peu, soulever le couvercle, plonger dedans. Jamais vous n'avez été plus proches de l'intimité d'un inconnu.

Mais je ne suis pas un inconnu. Toute la ville me connaît, quand on dit mon nom à la table des seigneurs, on hoche la tête avec estime, avec gratitude. Les riches me convoitent, les moins riches m'envient, les pauvres rêvent de moi et les misérables sont satisfaits d'avoir entendu parler de moi. Constantin Huygens se pique d'avoir vu dans mes peintures, il y a plus de trente ans, un génie naissant. Mon génie. En plus de trente ans de métier, il a eu le temps de grandir mon génie. Mon nom claque : Rembrandt !

Moi, Rembrandt, humilié ? Jamais. Je me tiens droit. J'ai mis mon plus beau couvre-chef, un turban soigneusement façonné dans la meilleure soie, d'un jaune doré, d'un éclat propre à pâlir le soleil, et mon lourd manteau de velours qui vient de Venise. Les Vénitiens, fiers à raison, fabriquent des tissus de qualité, d'un goût supérieur à tous les autres. On dit que la lumière de leur pays et le commerce avec l'Orient sont les sources de leurs palettes, de leurs inventions. Je continue à guetter les bateaux remplis de marchandises venues de la lagune et d'ailleurs. Cela m'a coûté cher. J'ai pris des parts de certains bateaux ; je n'ai pas été gagnant à tous les coups. C'est le risque : on parie sur de longs voyages, on met nos espoirs entre les mains des capitaines qui parcourent les mers et les océans, on compte les jours avant leur retour et là, on guette les cales pleines d'épices et d'autres trésors. Dit ainsi, cela ressemble à de la folie. Parfois, ça marche.

Il fait chaud. Amsterdam n'a pas l'habitude d'une chaleur aussi forte, mais je ne me plie pas aux températures. D'une main je caresse mon col de fourrure qui descend presque jusqu'à la taille. Évidemment, je suis vêtu du manteau le plus cher que j'aie pu sauver dans mes affaires. Et ma canne, je la tiens en l'air, elle ne touche pas terre. De loin, on remarque sa tête d'argent ciselée, on voit bien qu'elle n'est pas légère, que ma main ne tremble pas. Oui, ma main est ferme et gracieuse, personne ne doit croire que j'ai besoin d'un appui pour tenir debout, attendant la fin de cette mascarade.

Observer la foule. Un cadeau de circonstance, pas besoin de flâner en ville, d'en fouiller les recoins. Le meilleur échantillon d'humanité se presse devant ma maison. Ils sont tous là, les gueux comme les riches qui essaient de se cacher, faussement pudiques et compatissants. En vérité, les fortunés compatissent sur eux-mêmes, conscients de leur fragilité, bien qu'ils essaient de donner le change, de paraître forts, oui, paraître.

Leur peur est palpable. Gluante, moite et tenace. Infiltrée dans les pores de leur peau, tapie derrière leurs sourires et au fond de leurs yeux, sous la dentelle fragile d'une blancheur immaculée. La peur avance masquée. Insidieuse, présente même quand on a l'impression de s'en être débarrassée. Qu'est-ce qui pousse l'homme à faire appel à la compagnie de cette dame d'une fidélité irréprochable ? La peur arrive toujours la première, parfois déguisée en compassion, en tristesse, en amitié même ! Malgré tous ses accoutrements, sa vraie nature finit par se manifester.

Le gueux, lui, est joyeux. Homme, femme, enfant, leurs sourires édentés brillent çà et là. Ils se réjouissent d'accueillir un nouveau pauvre, avant que cette joie ne se transforme en méfiance puis en rejet. Un pauvre de plus parmi les pauvres, c'est partager une bien maigre pitance.

Amsterdam est riche, mais rien n'est plus difficile à partager que la richesse. Personne n'est jamais content de son état.

La foule est dense et je ne veux pas admettre que c'est ce voile sale sur mes yeux qui dissout toutes ces personnes en une masse informe. Non, c'est l'humidité dans l'air qui obstrue mon regard. Elle monte du canal. Les corps humains sont tièdes. Pas de courant d'air à cette heure de la journée pour chasser cette lourde moiteur. Il suffirait d'un seul point lumineux dans cette grisaille inerte, d'un détail dissimulé pour lui donner vie. Le sait-on ? Moi, je le sais.

Il faut savoir le trouver, le souligner ou le créer ce point lumineux, même s'il s'inscrit sur le plus laid des hommes, le plus vilain des objets. Rien n'y fait, la lumière se moque de nos jugements. L'équilibre et l'harmonie échappent à l'entendement des hommes. On essaie, on s'y frotte, on force, mais si j'ai compris quelque chose à cinquante ans, après plus de trente autres d'une vie de peintre, c'est bien cela. La beauté de l'imparfait incarne la poésie.

La vie se manifeste dans les imperfections, dans les interstices, dans les blessures, dans les cicatrices, dans les fissures, bat dans les pustules, résonne dans les coups, dans les chancres, les craquelures, les crevasses, se fait sentir dans les douleurs, prend forme dans les disgrâces de l'homme. Ses faiblesses, charnelles ou spirituelles font de l'humain l'être le plus magnifique qui puisse exister, parce que toujours unique. Elles sont vraies, elles.

Cette foule qui se presse devant moi aujourd'hui, n'est pas là pour me servir de modèle, elle ne se met pas à mon service. Elle vient creuser ma plaie, se délecter de ma déchéance, se pourlécher d'une gloire qui me reste. Une autre forme de gloire gonfle de jour en jour. La sombre gloire. Les rumeurs du procès contre mon fils Titus courent la ville, sont dans toutes les bouches. C'est ma faute. À peine parle-t-on de faillite qu'immédiatement on exécute son soi-disant responsable. Sans frapper à mon huis ni en attendre l'autorisation, on s'engouffre dans ma maison, on y prend nos biens. On saisit tout.

Mais la maison appartient maintenant à Titus. On veut m'accuser de tricherie. Est-ce tricher que de donner sa maison à son fils ?

Eh ! Regardez cette femme qui tourne autour de l'homme aux cheveux bien coiffés, cet homme en tenue de ville et au col en dentelle. Se presse-t-elle contre lui pour se faire remarquer ou pour le voler ? Elle serait assez jolie pour justifier les deux hypothèses. Non, ses chaussures sont beaucoup trop usées, elle survit tout juste, avec une certaine grâce il faut le dire, elle porte la tête bien droite. Devrait-elle arranger un peu mieux ses cheveux en bataille, les ordonner en un chignon plus travaillé, les couvrir avec une coiffe fine et légère ? Elle aurait alors une apparence plus honnête. C'est son rejeton, le gamin, là ? Il surveille le petit bourgeois, c'est donc bien une voleuse ; son fils est à bonne école. Elle dissimule son âge et ses bouclettes en liberté trompent le chaland. Le cossu va y laisser sa bourse. En d'autres circonstances, j'aurais souri.

La foule est bête, puissante. Elle avale l'homme le plus averti, suce sa raison, l'oblige à faire ce qu'elle estime bon sans demander l'avis de personne. Elle se moque des conséquences, s'enivre de sa force, de sa chaleur bestiale et hypocrite – ce n'est pas un partage, c'est de l'aveuglement. Elle broie qui la compose, brise ses propres enfants. Quand elle les recrache, ils sont épuisés, abasourdis, ne comprennent ni pourquoi ni comment ils ont agi de la sorte.

Moi, cette masse, je la dompte d'un simple regard. Je connais ses faiblesses : l'entêtement, l'orgueil. Je les connais bien. La foule déteste les particularités. Pour la briser, il suffit avec son regard de désigner quelqu'un en particulier puisque chaque être humain veut être reconnu par sa singularité. Tout un chacun ne court-il pas sa vie durant après la reconnaissance ? Le spectacle est croustillant pour les deux parties, la foule et moi. Distinguer quelqu'un dans la foule, c'est tailler dans sa chair, y semer le doute, la rendre moins uniforme, la désagréger. Scruter le moindre détail, c'est mon métier. Construire le monde à partir de ce détail, le nommer avec mes pinceaux, voilà ma force.

La foule face à moi fait un pas en avant. Un autre coffre sort de la maison, une douleur me transperce.

Ma vie défile devant mes yeux et ceux de la foule, réduite en plusieurs caisses, paquets et baluchons, et avant cela ramassée dans ce fameux inventaire qui a officiellement répertorié 363 lots diversement pourvus en objets des plus variés. Mes affaires ! En plus de celles qu'on m'a déjà volées. Ils les ont manipulées sans égard ni ménagement, les mufles. Mes outils, mes collections, les objets rares ou les plus insolites que je me suis donné la peine de dénicher et d'acheter auprès des marchands et dans les salles des ventes. Ils sont si fragiles et inappropriés dans les mains de ces hommes incapables de la moindre réflexion. Ils ne sont même pas fichus de les tenir, de les poser, les regarder, rien. Parfois ils semblent les soupeser, mais sans jamais les apprécier.

Et un autre coffre qui s'en va.

Ne rien montrer, garder la pose.

Garder la pose ! Ne pas bouger !

C'est l'ordre que je donne à mes modèles, sans distinction de statut ou de richesse, c'est l'ordre auquel aujourd'hui moi-même je me soumets.

Tenir. Respirer et tenir.

On m'a reproché de faire durer les poses à l'infini, de fatiguer mes clients, de voler leur temps précieux, de ne pas exécuter mes œuvres assez rapidement et de ne pas être aimable lors des séances de travail. Mais enfin, je ne suis pas un saltimbanque qui amuse le petit peuple au marché ! Pour faire la conversation, on a les repas en ville, les soirées aimables. À quoi nul ne m'invite. Je n'en ai pas de regrets. Si moi je me tais en peignant, les modèles les plus réfractaires à mon autorité, eux, ils parlent.

Et pour ceux qui sauraient voir, chacun de mes portraits recèle le début d'une vérité, ou la vérité tout entière. Je ne parle pas, je montre.

Le coffre doit être pesant plus que de raison, car les deux porteurs s'épuisent en avançant à petits pas. Je n'ai pas souvenirs d'avoir possédé un coffre d'un tel poids.

De la foule aux contours incertains, dont rien ne saille hormis les habituels chapardeurs, surgit un regard bleu, lumineux, pénétrant, sans préjugé. Étonnant. Il n'est pas du quartier. Les visages des rues environnantes, y compris les plus éloignées, je les reconnais, bien qu'incapable de les nommer.

Je connais leurs failles, leurs rides, la coloration de leur peau suivant le vent qui souffle. Je sais lequel convient pour saint Paul, l'autre pour Jérémie ou saint Simon… Que des saints. Ce sont les vieux Juifs qui font les meilleures têtes de saints.

Ce regard bleu vient d'ailleurs, ma banqueroute déplace bien des curieux. Il me distrait et je suis surpris de m'en trouver satisfait aujourd'hui. Le regard bleu, ce détail, ce coin enfoncé dans l'assemblée hostile, me rassure quant à mes capacités. Je ne passe jamais à côté d'un sujet.

Il vient d'arriver, je n'avais pas vu cet homme tout à l'heure lorsque je suis sorti de la maison. Décidé, il se fraie un chemin en dépit de son dos vouté, une petite calotte sur ses cheveux blancs, longs et encore abondants, le nez droit, la bouche perdue dans une barbe tout aussi blanche que ses cheveux. J'observe le bel orbe de son front, ses épaules larges, ses jambes solides, faute de quoi avec son dos si courbé, il serait déjà par terre. Voilà un beau vieillard à peindre. Peut-être un saint Paul, ou un Siméon.

Il faudra que je le retrouve quand tout ce désordre cessera. Il ferait un excellent aveugle avec ce regard bleu transparent. À noter, ne pas oublier ce bleu. Transparent. Comment peint-on les yeux bleu transparent dans l'ombre, comment saisir l'âme ? L'âme est-elle couleur bleu transparent ?

Le vieil homme se redresse, il est intéressé c'est indéniable, mais il est différent. Il n'est pas de cette ville, son manteau présente une coupe trop démodée pour qu'il soit des environs. Mon manteau de velours à moi n'est pas démodé, il est inapproprié. C'est toute la différence. Moi, j'ai fait le choix de le prendre ce manteau de velours, alors que le vieillard ne devait disposer d'aucune alternative, sinon il en aurait choisi un autre. À moins qu'il soit tout aussi vieux et laid que celui qu'il porte. Heureusement, nous sommes à Amsterdam, la ville la plus libérale du monde. Libérale certes, mais qui ne pardonne rien. Il suffit de considérer ma situation.

Je suis un homme libre et j'en connais le prix. Jamais un prince n'a pu se vanter de m'avoir à son service, jamais. Certains de mes collègues sont partis en Angleterre, ils soumettent leurs pinceaux à la volonté des princes, ils doivent plaire au seigneur qui les paie. Une sécurité toute relative, comparée à la liberté dont je jouis. Quel plaisir de refuser un sujet ou un client ! Et quel plaisir d'accepter puis de n'en faire qu'à ma tête. Ma réputation est à ce prix. De toute façon, pas de princes chez nous, dans les Provinces-Unies, qui entretiennent leur cour comme dans les royaumes et seigneuries voisines. Ici, nous sommes en république et nous nous en glorifions. Je reconnais que ma liberté en découle, cela me convient. Le voyage ne m'attire pas. Le monde est dans ma maison, il vient à moi et je le modèle. On se moquait de moi quand je refusais toutes les propositions et incitations à voyager. L'Italie, l'Italie, tous n'avaient que l'Italie à la bouche, ne juraient que par elle. On m'évoquait sa lumière. N'est-elle pas dans les tissus vénitiens ? On me parlait de ses peintres. Je les ai tous étudiés grâce aux gravures et copies qui arrivent régulièrement à Amsterdam. Toutes passaient par mon atelier, toutes, même celles venues des Indes et de la Chine. Rien n'échappe à mon œil. On me soutient que c'est une des raisons de ma déchéance actuelle. Titus le pense tout bas, Hendrickje le dit tout haut, des larmes de reproches dans la voix.

En tout cas, le vieux est un étranger. Amsterdam se fait un plaisir et un devoir d'absorber tous les étrangers qui y passent à condition qu'ils lui soient utiles. À l'observer attentivement, si j'en avais le temps, je pourrais peut-être deviner de quel coin il arrive. Je devrais le remercier de me distraire en attendant qu'on vide ma maison. La maison de mon fils.

Les porteurs sont d'une gaucherie. Ils étaient censés tout charger sur la barge et partir par le canal.

Un grand raffut pétrifie la foule. Mon coffre !

Il s'est fracassé par terre et son contenu s'est renversé sur la chaussée, non loin du canal.

Les voleurs ! Les malhonnêtes ! Plusieurs objets devaient rester dans mon atelier, dans ma maison. J'ai le temps d'apercevoir quelques pochettes renfermant des contrats avec mes clients, des commandes de pigments, les recettes et les notes pour leur usage, la liste de mes tableaux, les notes pour les gravures. Je les avais bien rangés. Certes, je connais tout ça par cœur, surtout les lettres de Saskia. On me prend donc tout, même ce qui ne figure pas dans l'inventaire. Personne n'a le droit, personne…

Ne pas bouger ! Tenir !

Évidemment, j'ai toujours eu la réputation d'être désordonné, de ne rien noter, de me souvenir de presque tout et, paradoxalement, de gérer mal ma fortune. Comment se sont-ils débrouillés pour trouver ces documents ? L'eau brunâtre du canal boit immédiatement l'encre et dissout le papier.

Mais le pire arrive… Non, non, on n'a pas le droit ! Voici que va sombrer la robe de Saskia, en brocart vénitien. J'avais réussi à la soustraire à la curiosité de Geertje et d'Hendrickje, celles qui à la suite de ma première épouse, ont tenu le rôle de maîtresse de ma maison.

Ah, ma Saskia, quelle chance est la tienne d'échapper au spectacle du naufrage de ta robe. Ma brillante femme, que tu étais belle dans cette toilette. Les manches sont si larges, le tissu si riche, d'un vert éclatant, d'un tombé parfait, épousant les formes de ton corps, et te magnifiant. Munie d'un délicat bouquet de fleurs, tu étais la parfaite incarnation de la déesse Flore. Nous attendions tout de la vie. Nous étions jeunes, voraces et amoureux. J'étais débordant. Oui, j'aimais être débordant. Tu disais que c'était trop, que tu ne savais pas ce que cela voulait dire, mais tu le sentais, j'en suis sûr. Je t'expliquais que c'était la même chose que d'être rayonnant. Tu étais étincelante de cette lumière rare, celle qui vient de l'intérieur. Est-ce que je te l'avais dit ? J'espère que oui, ma Flore.

Tu n'étais que promesse et avenir sur ce tableau. Tu te rappelles la couronne de fleurs que je t'avais peinte sur la tête ? Une vraie reine. Les autres fleurs enlaçaient ton bâton de déesse. C'était le début de l'été, nous venions de nous marier, nous étions à la campagne, dans la Frise. J'ai fait des croquis, tu étais charmante, si belle. De retour à la ville, je me suis mis au travail. Tu n'aimais pas poser. Trop impatiente, trop pétillante.

L'autre tableau de Flore, celle avec les cheveux défaits, comment s'appelait-elle cette fille qui posait pour te soulager ? Je me rappelle vaguement qu'elle venait d'une campagne éloignée. Je sais bien qu'un bout d'étoffe peut transformer un être vivant. Et, d'habitude si craintive, elle devenait plus vivante, elle s'empourprait quand elle se tenait à ta place, si fière de vêtir l'une de tes robes et de m'exhiber son décolleté. Poser te fatiguait trop, tu portais notre premier enfant. Un fils, Rombertus. Il est mort avant que je puisse vraiment le dessiner, il n'avait que quelques mois. Saskia, tu m'as assez reproché ces traits ignorés et perdus, il était beau cet enfant.

J'aurais dû peindre cette deuxième Flore plus légère. Parce que malgré mes efforts, je n'ai pas réussi à la rendre aussi belle que l'originale. Ce n'est pas la ressemblance physique qui compte, mais celle de l'esprit. Est-ce que je me doutais de la mort de l'enfant avant son arrivée au monde ? Il faut dire que c'était une année terrible, la peste était revenue, en 1635 elle ravageait plusieurs villes de nos Provinces-Unies.

Est-ce pour cela que j'ai peint cette ombre trop lourde autour du bouquet de tulipes et de soucis ?

Tu te souviens, à l'époque, une tulipe coûtait plus cher que la plus belle de tes robes ?

C'était avant la grande folie des tulipes, avant la grande spéculation, mais déjà leur prix était exorbitant. Tu n'étais pas d'accord pour que j'investisse dans les tulipes. Un pari fou, acheter des oignons en hiver et croire en de belles fleurs le printemps venu. Quelle excitation ! Dans toute bonne maison, pendant des années, on ne parlait que des tulipes, des couleurs à venir, on troquait des fermes, des champs, des bestiaux contre des bulbes qui tenaient dans une simple poche. Bien sûr que j'en avais achetés. Comment aurais-je pu passer à côté ? Mais je voulais aussi comprendre. Tu avais en horreur que j'autopsie les fleurs pour mieux en connaître l'anatomie. Pour me le faire pardonner, j'ai peint une belle tulipe dans le bouquet de ta couronne. Elle s'incline à côté de ton oreille, effleure à peine tes cheveux délicats, comme une révérence à ta beauté supérieure.

L'autre, la deuxième Flore arbore aussi sa tulipe, signe de richesse. Elle est placée devant son ventre. Comme tu attendais notre enfant, je pensais que c'était une bonne idée. J'avais tort, tu vois, certains auraient dit que j'avais trop d'orgueil.

Mais la première Flore, celle de l'été 1634, avec le ventre proéminent, celle-là complètement inventée, rêvée, c'est toi.

Avec cette robe qui gît devant moi par terre et glisse inexorablement dans le canal.

Ce sont ces foutues « corneilles » d'officiers à la solde des juges qui ont mis leurs sales pattes dessus. Enfin non, pas des corneilles ni des corbeaux, trop fiers pour s'abaisser à des larcins. Ce sont des pies, des pies dans leur costume se donnant l'allure de notables, ce sont ces pies en uniforme qui se permettent de spolier le bon citoyen au prétexte d'une procédure de faillite.

J'enrage !

Ne pas bouger !

Chercher le petit rayon de soleil, le leur jeter à la figure avec la tête de ma canne, les éblouir plutôt que de m'avouer atteint. Je déplace mon poids d'un pied sur l'autre, ce petit mouvement suffit pour faire briller mes chaînes dorées et bien solides. Elles roulent sur mon ventre, bien que coincées par la longue écharpe rouge que j'ai serrée autour de ma taille en guise de ceinture.

Et je me délecte à voir le canal engloutir enfin ce que ce bon petit peuple espérait attraper comme un butin de guerre. Le beau bougeoir à sept branches tombe dans l'eau, l'y rejoignent mes autres trésors intimes. Le coffre et son contenu vont finir au fond.

La belle chapardeuse veut se jeter dans l'eau. Est-ce la robe de Saskia qui l'incite à cette folie ? Elle en vaut assurément la peine. Son fils et complice crie pour l'en empêcher en même temps qu'il appelle à l'aide ; la foule, un court instant, rit méchamment puis se rue sur les quelques objets qui ne se sont pas tout à fait noyés, les ramasse comme des cadeaux tombés du ciel. La femme est repoussée loin du bord du canal, sauvée malgré elle par l'avidité des autres. Ainsi la robe goûtera-t-elle la vase jusqu'au prochain curage du canal. Dit-on également « enterré » pour un repos éternel au fond des eaux ?

La belle et folle harpie, furieuse, se jette alors dans la foule pour arracher un ou deux objets qu'elle espère pouvoir monnayer au marché aux pauvres. Elle, comme tous, rafle des choses dont elle ne connaît pas la valeur, elle les vendra pour trois sous, échangera mes richesses contre une miche de pain. Quoi qu'il en soit, comme certains prétendent que n'importe quel quidam de cette brave ville d'Amsterdam est un marchand averti, elle saura en tirer profit. À les voir s'affairer par terre et se disputer tel ou tel bout d'étoffe, tel gobelet en étain, on comprend que Jésus ait chassé les marchands du temple.

Je devrais prendre quelques croquis de cette scène.

Plus personne ne me regarde. Ainsi libéré, je peux rentrer à la maison. Je me retourne une dernière fois. À ce moment-là, le beau vieillard se baisse aussi. Quelle déception !

*

La table.

Elle m'accueille, elle, mon port. Que dis-je un havre, plutôt comme une femme, Hendrickje m'excusera. Je m'allonge sur elle, les bras écartés, la joue posée sur sa surface polie par ma vie.

Fabriquée à ma mesure, sur ma demande avec le bois que j'ai choisi, dans ma maison, sur place. J'ai assisté à chaque étape de sa fabrication. Elle a des proportions trompeuses, j'en ai eu une belle preuve aujourd'hui. Ils ont essayé de la sortir d'ici. Ils s'y sont pris à plusieurs reprises et, même avec l'aide de deux hommes tirés de la foule pour la bouger, ils n'ont pas réussi. Rien n'y a fait, rien.

Lourde, brute, également élégante et noble. Cette table est le vrai cœur de la maison, chaque visiteur patiente près d'elle, la caresse, y pose ses gants, son chapeau. Les servantes y vérifient les achats du marché, les enfants jouent dessous avec les chiots, les chatons et les poussins tout jaunes, puis s'y endorment parfois, en sécurité. Tout se passe sur et sous cette table, tout. On peut y manger à deux douzaines si l'on veut.

Debout, arrimés comme des bêtes, Saskia devant moi à humer l'odeur du bois, moi sentant la sienne, nous avons fait l'amour plus d'une fois. Elle assise dessus, m'embrassant de ses bras et de ses jambes… Elle en a ri, surprise d'apprécier d'être aimée ainsi, elle si bien élevée. Je peux encore entendre son rire. Il me plait à m'imaginer que Titus, mon fils, a été conçu sur cette table, comme le sont mes couleurs une fois les minerais broyés : distillées, nettoyées, prêtes à l'emploi. Mon fils y a appris à lire et à écrire, mes idées y prennent forme pour mes premiers dessins, j'y instruis mes apprentis.

Geertje connaissait aussi cette table. Elle y reprisait les chemises, tout en gardant le petit Titus, le seul enfant qui ait survécu à sa mère Saskia, ma douce première femme, et à ses trois frères et sœurs qui n'ont pas atteint l'âge de trois mois. Mes premiers enfants sont partis comme des anges, sans avoir rien appris du monde ni de bon ni de mauvais, l'innocence même. Notre douleur rivalisait avec la force de cette innocence. Puis Saskia m'a donné et laissé un fils, il n'avait pas un an quand elle est morte – et une fortune. À partager avec Titus.

Nous avons acheté cette maison pour une somme de treize mille florins. J'avais été si fier de la payer cher. Saskia, délicate et habituée au luxe, en avait éprouvé de la gêne ; et encore aujourd'hui, elle serait contrariée de me voir tenir cela pour important. Mais, obéissante, elle s'était contentée de sourire et de laisser son benêt de mari se vanter du pouvoir futile de son argent. Après des années passées sans elle, je suis enclin à penser que ce n'était pas de l'obéissance, mais fort probablement de l'amour. Et moi, est-ce que je lui ai assez dit que je l'aimais ? Je l'ai peinte.

Dorénavant, c'est Hendrickje qui est maîtresse à cette table, Cornelia, notre fille, y équeute les haricots comme Titus jadis. Ce fut un plaisir de voir travailler leurs petits doigts, hors de question de les reléguer aux cuisines.

Non, cette table n'est pas exactement le but du voyage, le port, mais plutôt la jetée d'où l'on débarque, où l'on fait escale, oui, la première et brève escale que chacun doit respecter en pénétrant dans ma maison. Elle est comme une écluse, qui s'ouvre et se ferme, le pont entre le dehors et le dedans, c'est moi qui décide qui franchit le sas et accède à l'atelier. Le visiteur qui passe dans la pièce suivante peut alors dire qu'il entre véritablement chez moi.

Tant qu'elle est là sous notre toit, j'y suis aussi. Elle y restera. Et j'espère que Titus aussi. Avant la saisie, j'ai fait transférer la maison officiellement à Titus, trop tard disent les hommes de loi, elle sera vendue. Au moins le produit de la vente ira à mon fils, une fois les dettes épongées. Si les hommes de loi le veulent bien.

Je me reprends, pas le temps de gamberger et broyer du noir. J'ai à faire. Après la prononciation de ma banqueroute, Messieurs les Juges n'ont pas estimé opportun de m'informer du temps pendant lequel je pouvais disposer de ma maison afin de déplacer mon atelier. Pour me prendre mes biens, ils se sont montrés rapides.

Désormais, qui voudra travailler avec moi, un vieux peintre, et en faillite ?

Je sais réaliser un tableau du début à la fin, construire le châssis, tendre la toile et l'apprêter selon sa taille et sa qualité, déposer les sous-couches et attendre le temps nécessaire avant de prendre le tendre fusain ou la sanguine, et déposer le dessin. Je sais préparer les pigments. J'enseigne tout à mes apprentis. On ne peut pas m'accuser d'avarice dans ce domaine. Je vois bien qui est doué pour le dessin, qui sent l'harmonie des rapports, qui saisit la coloration de la peau, son grain, sa souplesse. Certains sont enclins à s'attarder sur des détails et savent donner corps à des dentelles mieux que les dentellières elles-mêmes…

Mes apprentis. Ceux-là, je les installe tous au grenier, sur la charpente duquel on a fixé de fines cloisons qui font comme des stalles d'une écurie. Ainsi chacun, dans son espace, peut se concentrer sur son ouvrage sans avoir à subir les regards et les jugements des autres. Le juge, ici, c'est moi. C'est mon privilège.

La vente de la maison est inévitable. Mais avant cela, avant, je le dis bien – avant –, j'ai encore des choses à faire chez moi.

Les seaux sont prêts, la chaux blanche est diluée dans l'eau du canal, brune et malodorante. J'ai conservé une bonne quantité de chaux éteinte. Même éteinte, elle demeure assez caustique, elle va se dissoudre et s'imprégner dans les murs, dévorer tous mes croquis faits à même l'enduit, boire nos mots, nos odeurs, nous chasser de leurs interstices, nous allons disparaître. La maison sera alors complètement vide.

« Agrhhhh ! »

Je hurle et le son rebondit contre les murs vides.

Je monte les seaux, le grenier passera au blanc d'abord. Je jette le contenu du premier seau, la chaux épaisse mais fluide se fracasse sur le mur en face de moi. Je reçois quelques éclaboussures. Les coulures se déversent sur le sol dessinant méandres et cartes improbables. Le seau suivant, je le verse dans l'escalier en bois, la chaux forme un tapis, je descends en maître. Les autres pièces m'attendent, le travail m'appelle.

« Agrhhhh ! »

Mon cri est assourdi, les murs déjà blanchis l'avalent avant de l'expulser tout tordu, ma voix est dure, métallique, morte, personne pour répondre, le silence est morne et l'écho fatigué. Ne vivent que les gouttes de chaux tombées par terre et sur mes vêtements, mes beaux vêtements d'apparat, à présent bons à nettoyer les pinceaux. Et pourquoi pas ? Le nettoyage des pinceaux est une tâche noble.

Les flacons et récipients de pigments, les pinceaux, couteaux et spatules, la palette, la toile blanche et le modèle, voilà le tableau en vrac. Le peintre, c'est lui qui possède l'idée du tableau à venir, le savoir-faire pour son exécution, c'est lui le maître. C'est cette idée qui fait de nous des artistes bien plus que de bons artisans. Mais, nombreux sont ceux qui ne parviendront jamais à être artiste. Je l'ai dit et répété à mes apprentis, pour l'avoir entendu moi-même de mes maîtres. Et pour l'avoir compris.

La puissance des pigments. Le pouvoir de la couleur. Voici mon savoir.

Et le savoir suprême ? C'est ma capacité à manier la lumière. Je suis un homme de pouvoir. Alors comment en suis-je arrivé là ?

De la chaux éteinte ! Les murs la boivent avec boulimie. Elle s'y confond, s'y fond agressivement.

« Agrhhhh ! »

Et toujours ce silence terrible. J'aurais dû prendre de la chaux « morte », celle qu'on répand sur les cadavres dans les fosses communes. Cette maison n'est plus que l'abysse des morts, des fantômes, rien d'autre. Oui, je regrette la chaux vive. Elle aurait bouffé les murs, la maison se serait effondrée dans le canal et l'eau aurait bouillonné, une disparition digne de ce nom, de quoi amuser la foule, ces vauriens qui guettent le moindre événement pour accourir et se repaître du malheur des autres, ces laids, cette plèbe ; ils sont « le peuple » comme ils disent. Mais peu m'importe !

« Agrhhhh !

— Père !

— Silence ! Je travaille, jamais on ne m'écoute dans cette maison ?

— Père ! »

C'est Titus, mon fils, mon élève, j'avais oublié qu'il était là. Il me surveille. Il peut être tranquille, je ne vais pas me plonger la tête dans le seau de chaux. De toute façon, le blanc d'argent serait plus efficace pour asphyxier un homme, le sang blanc.

« Père ?

— Quoi ?!

— Il y a quelqu'un ici pour vous.

— Ici, c'est désormais la maison de personne ! Renvoie ce malpoli !

— Père ! Rembrandt ! »

Je cède, je descends pour mettre cet intrus dehors. Titus est si jeune et si beau. Son regard est tellement doux, comme celui de Saskia, sa mère, qu'il est incapable de fermeté envers quiconque.

Un homme se tient près de ma table. J'ai déjà vu cet homme aujourd'hui. Je ne me trompe jamais sur les formes.

Ni sur les couleurs. Voici le regard bleu transparent. Malgré son allure fléchie, il ne s'appuie pas sur le plateau en bois comme on chercherait une aide. Il ne possède pas de canne, or elle lui serait utile. Ma belle canne à tête argentée posée à portée de sa main le laisse indifférent. Il refuse le bras de mon Titus.

Nous nous dévisageons, il souffle, mes pensées font un tour.

Je peux me faire surprendre par le décalage entre une belle courbe et par ce qu'on y a enfermé de mauvais ou de laid. Je connais et j'avoue ma faiblesse, celle de me laisser séduire par la forme, je me suis fait souvent piéger par le beau, je crois. Est-ce pour cela que je cours les ventes aux enchères pour examiner de près les beaux objets ? Ceux que j'accepte de payer cher afin de leur conférer une beauté supplémentaire ? Pour la confirmer ? Payer la rareté qui deviendrait la beauté ? Posséder tous ces objets ne fait pas de moi un être beau ni bon, je devrais le savoir. Mais un homme de goût, oui, et un homme puissant également. L'argent et la puissance n'ont rien à voir avec la beauté, mais on a la fâcheuse habitude de les associer. Sans doute croit-on que la richesse et le pouvoir nous rendent propriétaires de la beauté. La beauté qui constitue le seul recours pour nous sauver de ce bas monde, de cette peur, notre compagne permanente – la peur de la mort.

Paradoxe des paradoxes, et on le sait sans s'en étonner, l'extraction de la beauté est souvent surprenante. Le jaune d'Inde provient de la pisse de vache. Il n'en est pas moins magnifique et lumineux. Les plus mortifères des poisons rentrent dans la composition des meilleurs remèdes à condition d'en connaître le dosage. La magie réside-t-elle dans le geste ?

La force dans le savoir ? Est-ce le tout qui fait un et l'un qui contient tout ? Nous faut-il la certitude de la mort pour apercevoir parfois la beauté ?

Saskia était parfaite. Et lui, cet homme, tout à l'heure, il m'a déçu. En l'occurrence, il n'est pas question de la courbe mais de la couleur. Ce n'est pas la forme de sa silhouette, mais la lumière qui m'a attiré chez lui. Je me suis fait leurrer tout à l'heure, par le bleu transparent.

« Je ne t'ai pas invité…

— Père ! »

Ah ! mon Titus, tu n'apprendras jamais à te faire respecter si tu ouvres au premier vieillard venu taper à ta porte, aussi beau soit-il à peindre. Geertje t'a gâté, trop gentille avec toi et pas assez avec moi, mais ambitieuse. Et d'ailleurs, au début c'est pour cette raison que je l'aimais bien cette fille. Aujourd'hui, en plus de ma banqueroute, je lui dois deux cents florins par an pour une promesse qui ne tenait que sur l'oreiller et face à la bonne morale. Celle des hommes qui tous m'enviaient pour ma maîtresse, mais qui, au prétexte d'une fausse vertu et pour la paix des ménages, me condamnaient avec la bénédiction et le soutien des hommes d'Église.

L'Église. Son envoyé se tient devant moi. Il n'est pas venu mendier. Le beau vieillard. Vêtu de son manteau noir en laine épaisse qui touche presque par terre et coiffé de sa petite calotte, c'est l'Église protestante en personne. Comment je le sais ? Je les sens de loin, ces corbeaux-là, le regard sévère, les lèvres pincées, un corps qui accuse. Comment se fait-il que je ne l'aie pas repérée, cette Église, dans la foule tout à l'heure ? Je n'ai vu que ses yeux. Trop pris par l'émotion du moment ? Maintenant, c'est un autre genre d'émotion qui m'habite.

Je m'aperçois que je tiens en main la queue de cheval en brosse qui me sert à peindre. La chaux goutte par terre. Mes tommettes rouges ont été traitées à l'huile chauffée récemment. Elles résistent assez bien, mais finiront par boire le blanc et pâlir, être parsemées de taches et conserver pour toujours la trace de ce moment. J'ai très envie de repeindre cet homme en noir d'une autre couleur, d'un seul trait, en couper l'ombre, rompre son espace, sa présence. Je pouffe de rire, il m'échappe, puis je me reprends. Mais tout de même… Si je lui confie qu'il pourrait bientôt sortir de la maison à demi blanc, qu'en dirait-il ?

Il est bien présent, pas de doute. Il n'a pas peur de moi. Le bleu de ses yeux ne faiblit pas, rayonne dans la fragile et avare lumière de la pièce. Le jour décline, lui, bien que sombre, il illumine. Soudain, et c'est déjà trop tard, il m'intéresse. Ce n'est pas la lumière du jour qui délimite ses contours. C'est lui-même qui les impose.

Je tourne posément, mon pinceau improvisé dessine un cercle autour de lui. Il ne me quitte pas des yeux, même quand je me trouve dans son dos. Je sens la couleur bleu transparent, il se passe quelque chose d'étrange.

« Je ne t'ai pas invité… »

Il demeure silencieux.

« Tu viens te régaler de mes tourments ? De ma noire douleur ? »

Je m'arrête. Pourquoi lui parler du noir ? Lui-même en étant revêtu de la tête aux pieds, comment penser qu'il puisse s'intéresser en quoi que ce soit à cette couleur qui l'habille ?

C'est un homme d'Église, pétri de certitudes, inféodé à sa morale et probablement sincèrement convaincu de sa bonne parole pour m'administrer les meilleurs conseils quant à ma conduite et celle des autres. Ceux-là aiment sermonner des hommes tel que moi, qui fautent avec panache. Nous sommes de parfaits exemples pour leur prêche du dimanche. Je les connais, ceux qui se disent catholiques, pour avoir étudié au collège de Leyde dans ma jeunesse. Et ces autres, les protestants de toute obédience je les connais pour les avoir portraiturés, pour avoir prié avec eux. Mais qui d'eux a lu la Bible aussi bien que moi ? Mes tableaux valent leurs sermons ! Si cet inconnu devait m'intéresser, ce serait pour tout autre chose.

Tous ces hommes de toutes ces Églises ont des paroles à revendre et je refuse d'écouter ce vieillard qui s'est baissé tout à l'heure, comme le dernier des gueux, pour ramasser mes miettes sur le quai. Quelle leçon pourrait-il m'infliger ? Il n'a rien à me révéler que je ne sache déjà.

Ou alors, ce brave vieux viendrait-il me vendre ce qui m'appartient ? Son toupet n'en serait que plus amusant. Voyons voir :

« Que veux-tu ?

— Rien et tout. Rien pour moi, et tout de toi.

— C'est bien cela ! Un sermon !

— Je vois un homme qui a perdu la foi.

— La foi ! La belle affaire. Dieu ! »

Je pose le seau avec le pinceau dedans. Il est temps d'expédier le visiteur d'où il vient, dehors.

Mais il se tient devant moi. De nouveau cette lumière que je cherche tant à saisir dans mes tableaux émane de lui. C'est la lumière de Saskia, ma rage monte de nouveau. Je ne concède à personne aujourd'hui le droit de me voler la pensée que je ne dédie qu'à Saskia. Tout, mais pas cela.

Dans ses yeux bons à servir de modèle à ceux d'un aveugle brille une force singulière. Terrible. Il est en colère. Lui ? Pourquoi ? C'est mon malheur. Va-t-on finir par m'enlever mon dernier plaisir, celui de pleurer sur mon sort, de me lamenter ?

« Mais qui parle de Dieu ? dit-il fermement.

— Tu parles de la foi.

— La foi en toi. »

De la poche de sa cape, il sort quelque chose, lève sa main devant mon visage. C'est mon pilon en pierre noire, dure pour tout le monde et douce à ma main. Ce pilon, je le possède depuis ma jeunesse, depuis que j'ai eu la conviction que la peinture était ma voie. Pour l'aborder, il faut commencer par affronter le monde mystérieux des pigments et de la couleur. Ce pilon usé, si usé qu'il ne ressemble plus à rien, ne sied qu'à ma seule main. Il lui convient. Il connaît le geste répété à l'infini, celui de la transformation du minerai en pigments et qui a eu raison de sa belle forme ; sa consistance n'a résisté ni au temps ni à la force de ma main…

« Tu as de l'expérience, tu as un fils, tu possèdes ton savoir et ici, tu as ton outil. Ne cherche pas d'excuse. Tu as tout. »

Il me prend la main et frappe ma paume avec mon pilon, comme un sceau s'imprégnerait sur la cire fondue.

Le vieillard se retourne et s'en va.

LA MAISON-AUX-TÊTES

Quelques mois plus tard

La Maison-aux-Têtes est l'une des plus belles et insolites demeures d'Amsterdam. S'affichent en façade six têtes de divinités romaines et fantasques sculptées entre les fenêtres. Le palais est bâti sur quatre étages dont les trois premiers sont vastes et hauts de plafond, décorés avec goût et moyens. Beaucoup de moyens. Belle réussite. La famille de Geer est originaire de Liège. Louis de Geer, fils du fondateur de « l'empire » de Geer, dont la fortune repose sur le minerai et le commerce dans le vaste monde, a élu domicile ici depuis trente ans même si lui séjournait souvent en Suède. Désormais, Laurens, le fils de Louis mort quatre ans auparavant, a pris le relais paternel, avec autant de brio dans les affaires, en Suède, mais aussi en Afrique, sur la Côte-de-l'Or. Ce soir, c'est Marguerite, la sœur de Louis et la tante de Laurens, qui reçoit dans le palais familial.

C'est la première fois que j'y viens, je dois prendre part à la discussion au sujet de la construction, et surtout la décoration et l'agencement de la nouvelle mairie. Quoi d'autre ? Ils y sont tous, les architectes, les édiles, les artisans des métiers les plus divers, les banquiers, et c'est un sujet qui nous concerne tous.

« Souhaitons la bienvenue à notre célébrissime Rembrandt, le peintre d'Amsterdam, qui nous gratifie de sa présence, réjouissons-nous ! Il est bien plus célèbre qu'Apelle, le fameux peintre antique ! »

Voilà quel accueil j'aurais dû recevoir, auquel je m'attendais en rentrant dans le palais, bien qu'il soit parfaitement inutile de me présenter.

Par exemple, Jan Vos qui se pavane, sourire aux lèvres, devant les maîtres des lieux dans cette immense salle aurait pu s'exclamer ainsi. Il sait qu'à flatter les gens de la sorte, c'est vers sa personne qu'il attire l'attention. Il est habitué à accueillir sans rougir les hôtes dans la maison qui n'est pas la sienne.

Le Poète, Le Dramaturge, comme aime à se nommer ce verrier jovial, est omniprésent dans les maisons qu'il juge importantes et qu'il a en estime. Il les fait siennes et elles accroissent sa propre gloire. Il faut lui accorder une qualité, il a le « flair pour plaire ». Ce surnom, quelque peu ronflant d'Apelle d'Amsterdam, je le lui dois. C'est une manie chez lui de donner des surnoms à tous ceux qui se targuent d'exercer des métiers touchant à l'art, tout en gagnant leur vie dans le commerce ou l'industrie. Je suis une exception, je suis peintre, c'est tout. Il a inventé ce surnom lors d'un éloge poétique quand j'étais à ses yeux au sommet de ma célébrité. Il se devait, d'après lui, de me cajoler pour s'assurer mes bonnes grâces. J'ai dû lui offrir un dessin. Ou deux.

Ces derniers temps, quand il prononce mon surnom, un petit air de moquerie frémit dans sa voix. Il me semble. Hendrickje dirait que je suis susceptible. Elle a tort. Je suis sensible. La bonne société se délecte des malheurs des autres.

Ici, il n'y a que de la bonne société. Et on ne me prête pas la moindre attention. C'est à se retourner sur ses talons et partir en claquant la porte. Mais dans cette maison, c'est impossible, la bataille des influences est perdue d'avance pour moi.

J'observe de loin Marguerite, la tante de Laurens. C'est une femme aux traits secs, durs, droits, la plus puissante de la famille. La vieillesse lui va bien. Sa robe, simple en apparence, est au contraire sophistiquée, faite de tissus de grande qualité et extrêmement nuancés. J'y observe du mat, du brillant, des parties cassantes, d'autres d'une finesse frôlant la transparence, avec des tombants majestueux, et quand elle se meut, le bruissement produit par toute cette composition d'étoffes est hautement distingué. Que l'on ne s'étonne pas du nombre de pinceaux de qualités variées qu'il me faut pour exprimer les textures, la tenue et la valeur d'une seule robe. La sienne dit sa fortune, les couleurs ne sont que noires. Sa coiffe est délicate, bien sûr, mais ne l'embellit pas. Non, Marguerite n'est pas belle, Marguerite est une femme riche. Vieille et riche. Elle est mariée à Jacob Trip, une autre puissante famille d'Amsterdam. Ce soir, il est souffrant nous a-t-on dit, mais elle ne laisse rien paraître, qu'elle se fasse ou non du souci pour son époux.

Elle est tout aussi distinguée que sa robe, même si elle n'a pas encore daigné remarquer ma présence. Sa famille ne m'a jamais commandé un portrait ou une interprétation d'une scène biblique, alors que les murs de leur maison sont tapissés de tableaux de plus ou moins bonne facture.

Pas d'exclamation, ni admiration ni moqueries, lors de mon entrée dans la salle. L'indifférence survient bien vite après le désaveu. L'assemblée se concentre au milieu de la grande pièce de réception, autour d'un invité qui m'est inconnu. Jan Vos, qui m'a tout de même salué modestement, me tire par la manche et sur un ton complice me dit à l'oreille :

« Voici Jan Amos Comenius, le célèbre théologien et philosophe, évêque de l'Église des Frères moraves unis, et c'est un grand pédagogue. Retiens son nom. »

Ah, mon inconnu !

J'ai vu juste sur le quai devant chez moi, un étranger, un immigré, rien d'étonnant, puisque Amsterdam en assimile tous les jours un nombre incalculable. De tous ses titres je retiens « évêque ». Ma première impression rue Breestraat était la bonne. C'est un évêque. L'homme d'Église et l'homme de pouvoir. Cela va-t-il de pair ? Ça vaut pour ce que cela dit des hommes. Dans une grande Église, il faut de l'argent et de l'influence pour arriver au pouvoir et le garder. La petite Église exige plutôt de la responsabilité, un nombre d'hommes limité élit son représentant, c'est une charge bien plus lourde, à mon sens. On trouve de nos jours plein de petites Églises et autres chapelles, dans ma famille se croisaient des anabaptistes, des mennonites, je ne parle pas de ma grand-mère catholique ! Lui, son Église m'a l'air bien modeste, il a le même manteau que l'autre jour chez moi.

« Est-ce que votre nouveau logis vous convient ? » s'inquiète Marguerite de Geer auprès de Comenius.

Celui-ci acquiesce, rassure notre hôtesse. Il ne saurait en être autrement. Il ne veut pas abuser, quémander, réclamer, dit-il. Il fait partie de ceux qui une fois accueillis à bras ouverts n'arrivent pas à quitter la ville faute de moyens ou d'autres possibilités. Et la ville croît, en bien ou en mal, à mesure de sa générosité. Chez cet invité perce l'humilité et la gratitude d'un homme entretenu. Marguerite insiste :

« Vous auriez pu, en attendant l'arrivée de votre famille, loger ici. »

Et lui, qui refuse le palais et son confort. Cela tombe bien, puisque Marguerite ne lui propose pas de siège. D'ailleurs personne n'est assis et n'y songe tant qu'elle reste debout. Comenius dit qu'il lui faut du calme pour reprendre son travail. Il ajoute que l'accès à la bibliothèque de la ville, qu'on lui a annoncé, serait le bienvenu. Il promet une belle dédicace à la ville sur son prochain ouvrage, un livre d'importance, il ne saurait en être autrement. Peut-il compter dessus ?

Flatteur ? Habile ou sincère, difficile à estimer. Les regards admiratifs des autres m'incitent à me montrer prudent. Ce Comenius me semble bien plus petit que dans le souvenir que j'en avais. C'est vraisemblablement dû à son dos voûté. Chez moi, il me faisait davantage face. La couleur de ses yeux est toujours la même, bleu transparent.

Examinons donc sa célébrité. Elle n'est pas telle qu'elle résonne dans toutes les maisons seigneuriales, royales ou bourgeoises, j'en aurais déjà entendu parler. S'il se consacre à sa tâche d'évêque avec la même détermination qu'il a mise dans son geste en me remettant mon pilon en main, il doit passer le plus clair de son temps à genoux en conversation avec son Dieu, et bien peu au sein du monde vaniteux qui se presse à ma porte. Nul hasard à ce que nos chemins ne se soient pas de nouveau croisés. Il n'est pas homme à venir commander un portrait de qui que ce soit, ni une image biblique, aussi forte et émouvante pourrait-elle être. Il affiche une austérité assez éloquente, une indescriptible et singulière douceur que je n'avais pas décelée lors de notre première rencontre. Pourrait-il un jour demander un portrait de sa propre personne ?

Marguerite, prévenante, confirme. Les clés lui seront remises bientôt. Son neveu a envoyé des lettres à qui de droit, elle aussi y est allée de sa missive de recommandation désormais parvenue aux édiles de la ville. L'accord est quasi unanime, chose rare. La ville se dit honorée que Comenius envisage de travailler à la bibliothèque et le Sénat a voté l'engagement de publier toutes ses œuvres. Bien, ce qui est dit est dit. Et maintenant, peut-il nous conter son départ précipité et dramatique de Leszno au début de cette année ?

Comenius répond sobrement :

« Mon avis sur la guerre est suffisamment connu.

— Je vous sais l'ouvrier de la paix. Mais les Suédois, nos amis, sont-ils en bonne posture pour gagner la guerre qu'ils mènent en Pologne ? Mon neveu Laurens en dit si peu dans les courriers qu'il nous adresse. »

La guerre a toujours été une aubaine pour la famille de Geer. La guerre en général, particulièrement celle dont la paix fut signée au bout de trente ans de batailles en 1648, quelque part en Westphalie. La Suède s'en est mêlée comme jamais elle ne l'avait fait auparavant.

« Il ne s'agit pas de gagner la guerre, mais d'établir et conserver la paix.

— Est-il vrai que vous n'avez rien pu sauver de vos biens, ni de vos écrits ? » insiste poliment Marguerite.

Le regard bleu transparent me trouve dans la foule et dit :

« Rien. »

Et sans me prêter plus d'attention, avant que les conversations ne reprennent, il poursuit :

« Je consacre toutes mes forces à faire aboutir une paix fiable, pour le bien de tous. Rien à voir avec ces traités et accords signés ces dernières années, dont on savait avant de tremper la plume dans l'encrier qu'ils ne tiendraient pas leurs promesses. Considérez-les bien, ces récents traités de Westphalie, signés à Osnabrück et Münster : des mois, que dis-je, des années de négociations et de préparation, d'avancées en reculades ne serait-ce que pour définir les lieux où se retrouver et discuter. Ne fallut-il pas deux villes et trois signatures distinctes pour accorder toutes les parties au conflit, catholiques et protestantes ?

— Vous êtes sévère, dit Jan Vos.

— La guerre est facile. Radicale et tranchante. La paix est difficile à établir, fastidieuse à cultiver et épuisante à maintenir. »

Et d'une voix posée, tel un sénateur haranguant jadis la foule sur l'Agora, Comenius commente et énumère :

« D'abord ce fut à Münster, en janvier, la signature entre les Provinces-Unies hollandaises et l'Espagne avec le cortège de ses alliés ; en octobre, dans cette même ville, ce fut au tour de l'Empire germanique et de la France de signer. Pour finir, c'est à Osnabrück qu'a eu lieu la signature entre le Saint-Empire germanique et la Suède. »

Sous le ton doctoral, il laisse entendre un soupire de découragement, tandis que l'auditoire demeure attentif, il enchaîne :

« On a usé, même fourbus, un nombre de chevaux considérable rien que pour l'envoi de tous les courriers, missives et projets d'accord, et des invitations des uns et des autres en bonne et due forme. Ces signatures ont réuni des milliers de personnes, tous n'y étaient pas pour la paix, mais pour le commerce. Certains d'entre vous en reviennent peut-être ? »

L'orateur enveloppe l'assistance muette de son regard, hoche la tête :

« La guerre a mordu la terre, les édifices dans les villes et les villages. Il fallait reconstruire. Mais tous ces efforts ont immédiatement été réduits à néant : c'est de nouveau la guerre entre la Suède et la Pologne. Et que dire des traités de Westminster signés en 54, supposés garantir la paix entre l'Angleterre et la Hollande, et que la situation sur les mers rendit caduques ? Comprenez-vous qu'une semblable guerre puisse opposer deux nations sœurs dont le devoir est de s'entraider, d'œuvrer à l'universel ?

— Vous doutez de la stabilité de la paix avec les Anglais ? demande Jan Vos, inquiet pour les intérêts qu'il a là-bas.

— Pas vous ? Quel crédit accorder à la signature de traités s'ils ne garantissent la paix ?

— Qu'entendez-vous par là ? » demande un autre édile.

À présent, la quasi-totalité des invités font cercle autour de Comenius, sans doute plus intéressés par les derniers développements sur les champs de bataille que par les questions de philosophie politique. Il faut dire que personne ici ne s'est risqué à aller y jeter un œil. Les nouvelles de contrées aussi éloignées que la Silésie pourraient s'avérer d'un bon profit pour cette assemblée de commerçants, architectes, hommes de loi et tant d'autres « Têtes » qui se pressent pour mieux entendre le vieillard aux yeux bleu transparent.

Si l'on m'avait proposé de peindre cet instant, mes finances auraient été sauvées. Tous ceux qui comptent à Amsterdam sont là, et tous auraient souhaité figurer sur une toile pareille. Les portraits, rien que des têtes, quelques mains pour introduire les forces, les alliances et les concurrences entre les personnages, je pourrais proposer une œuvre de cette envergure, moi, oui, mais personne ne fait attention à moi, et Comenius n'en a pas fini avec la paix, ni avec les guerres :

« Cette paix ne convient ni à Cromwell ni aux Hollandais. Nul n'en tire profit, nul ne la souhaite. Elle n'est pas un but, elle n'est qu'un moyen. Les deux parties n'aspirent qu'à un répit afin de reprendre des forces. Sommes-nous donc incapables de nous entendre sur un but commun ? Nous faut-il donc toujours un adversaire pour exister ? La paix signée en janvier 1648 à Münster entre les Provinces-Unies et l'Empire espagnol autorise-t-elle la guerre entre anciens alliés, Anglais et Hollandais ?

— Quelle est votre réponse ? On vous dit expert dans l'âme humaine, artisan de la paix universelle, remarque Louis Trip, l'un des fils de Marguerite.

— Apparemment, la nature humaine est fondée sur quelque chose d'immuable qui pousse à la guerre. J'espère l'avoir exposé et même y avoir en partie répondu dans mes travaux. Vous les lirez ? »

Hendrick, le frère de Louis, s'interpose :

« Avec les Anglais, c'est toujours un marché de dupes ! Les Anglais, obligés d'investir dans l'amélioration de leur flotte, suspendent les hostilités, bien. Mais pourquoi serait-ce aux Hollandais de payer la marine des autres ? Pourquoi ces taxes sur les marchandises transportées sur les mers, soi-disant régies par les Actes de Navigation édités… par les Anglais ? »

Comenius réplique d'une voix plus forte :

« Cromwell a signé le traité de Westminster sous la pression de vos corsaires, et les Provinces-Unies ont reconnu la validité des Actes. L'Angleterre exporte son conflit intérieur chez ses voisins, la Hollande fait de même. Les batailles internes exigent de désigner un bouc émissaire, qui bien souvent ignore leur existence. Étrangement, chacun des belligérants endosse son rôle. Rien ne s'oppose à ce que cela recommence, tant que la raison supérieure ne sera pas invoquée et convoquée. La chrétienté jette d'abord la guerre sur les mers jusque dans le Nouveau Monde. S'il faut se battre quelque part, battons-nous à nos frontières orientales, tous ensemble contre le Turc, protestants et catholiques. Il n'en est rien. »

De l'assistance se lève une voix impatientée :

« "Le tumulte des nations, ce vain murmure des peuples, la conspiration des rois qui se dressent contre le Seigneur", nous connaissons le psaume. Ainsi se perd le monde ! »

Comenius ne se laisse pas interrompre :

« L'année 1648 aurait dû être une année de paix – attendue, objet de toutes les prières, tant méritée par toute l'Europe après trente ans de ravages sanguinaires ! Le résultat ? Le royaume de Bohême, ma patrie, se trouve exclu de cette paix, abandonné, sacrifié. La paix de Westphalie nous condamne à vivre sous le joug des Habsbourg et de l'intolérance. J'espérais en faveur des pays tchèques l'aide et le soutien de la Suède, au lieu de cela, cette dernière est en train de détruire la Pologne, les Anglais se battent contre les Hollandais, et les Français contre les Espagnols ! Les Italiens s'entredéchirent, et la papauté en tire bénéfice. Quelle autre preuve du néant des guerres ?

— Rien qui pourrait apaiser votre ire ? demande Marguerite.

— J'ai dû renoncer à tout. Je dois avouer qu'à Elbing j'ai pu vivre et enseigner grâce à la générosité de votre frère. J'y suis resté six ans, et j'ai pu y rédiger *Methodus linguarium novissima*. J'aurais aimé faire davantage, compléter ma *Didactica magna*. Mais les conditions promises par votre frère Louis et votre neveu n'étaient plus tout à fait…

— Ces reproches ne vous siéent pas. Les Suédois ne sont-ils pas allés protéger les protestants en Pologne ?

— C'est à cause d'eux que je suis là. La Pologne n'a pas été toujours fervente catholique. La Suède y est allée pour ses propres intérêts. Elle a rompu l'équilibre précaire de ce pays. La tolérance est morte lors du massacre des catholiques par la soldatesque suédoise. Ils ont provoqué le soulèvement des paysans et de la petite noblesse. Les protestants suédois ont réussi à faire haïr toute la Réforme, polonaise ou non. Même la famille Leszczynski s'est convertie au catholicisme, pourtant de longue date favorable aux réformés. Maintenant, nous fuyons. La terre intéressait davantage la Suède que la manière de prier du paysan ou des moines. Actuellement, du côté est, c'est au tour de la Russie de s'ingérer dans les affaires polonaises et lituaniennes. Malmenée, rongée de tous les côtés par des batailles, elle saigne, pleure, étouffe. Jusqu'en Silésie on parle d'un déluge qui déferle sur la Pologne. Et c'est sans doute à cela que la vérité ressemble… »

Devant son auditoire, Comenius, se redresse, sa voix calme, porte loin, l'homme est autant habitué à discourir qu'à prêcher. Il n'assène pas ses arguments, mais cherche à convaincre, à démontrer. Malgré cette douceur, je note une sorte de feu qui l'anime. Je reconnais sa fermeté, cette façon qu'il a eu de m'imposer mon pilon dans ma paume.

L'assemblée ne s'attendait pas à ce genre de discours, les hommes piétinent, fourmis dans les jambes, et je vois grandir l'impatience de Marguerite qui n'aime guère entendre la Suède critiquée, et je la comprends. On n'entretient pas une femme des affaires de la guerre aussi longtemps et avec autant de précision, même si c'est elle qui a introduit le sujet. On la rassure, on lui dit que tout va bien. Il sera toujours temps pour une mauvaise nouvelle. Même une femme comme Marguerite de Geer pose des questions de salon. Elle se voulait polie et être complimentée pour avoir accueilli le protégé de son neveu. Mais celui-ci continue, intarissable, à narrer les événements qui se sont passés il y a des années, des mois ou des semaines, loin d'ici, avec des conséquences pour nous, pour les Provinces-Unies, certes, mais a-t-on besoin d'en entendre parler ce soir ou un autre jour ?

Il insiste, fermement campé sur ses jambes qui semblent pourtant frêles, il capte l'attention de tout l'auditoire, moi aussi j'écoute sa voix, les yeux fermés, j'entends mieux l'indicible.

Il conte la guerre des larmes, du sang, celle qui fait le miel de la peste rentrant à sa suite dans nos villes. Il décrit les champs de bataille que le sang abreuve plus que la pluie. Il parle des armées composées de pauvres bougres qui ne sont pas de vrais soldats, mais des paysans ou des gars venant des quartiers pauvres des villes, tous fraîchement recrutés. Il nous les dépeint maladroits mais hargneux au maniement des armes, il nous les décrit blessés et infirmes. Il révèle les tractations secrètes et les vains pourparlers, les alliances éphémères, d'autres inattendues, les malheurs des uns et les espoirs des autres. Il ne parle jamais des victoires.

Il présente la guerre des orphelins, des fous, de ceux qui changent de camp plusieurs fois entre le lever et le coucher du soleil, de ceux qui violent et tuent pour le plaisir ou pour quelques miettes au parfum sordide pour mourir le visage dans la boue. Il ne nomme jamais les vainqueurs.

Il fait sonner les cloches des églises et des beffrois, entendre les chants funèbres des veuves et des mères esseulées, des vieillards hurlant leur solitude et leur misère. Il ne dit jamais la joie.

Il décrit les villes saccagées, les bourgs disparus, les champs sans labour, en friche et devenus stériles, il décrit les récoltes brûlées, les animaux décimés, les églises et temples profanés, les croix brisées et les autels souillés. Il n'évoque jamais la beauté.

Il rapporte ce qui circule entre les peuples : injures, reproches, méfiance, haine et vaines prières. Il ne dit pas l'espoir.

Tout ce que l'homme a été capable de construire avec le temps, il est prompt à le détruire avec célérité, arguments et justification à l'appui. Tout ceci au nom de Dieu.

Les hommes de belle condition de la bonne société d'Amsterdam l'entourent, l'écoutent, ne l'interrompent pas. Puis, dans le silence d'une courte pause, on devine une odeur de chair humaine en décomposition sur les champs de bataille boueux. On serait prêt à jurer que la lumière des nombreuses bougies est tamisée par les nuages de poussière soulevée par les sabots des chevaux d'une armée à l'attaque, et que le bruissement des manteaux des auditeurs n'est que l'écho des claquements de drapeau des adversaires.

Quelqu'un remarque :

« C'est bien évidemment l'amour de Dieu qui nous conduit. Préserver notre possibilité de commercer librement, c'est participer à sa gloire, puisque par le négoce nous pacifions les mœurs. N'est-il pas dit que l'homme travaillera à la sueur de son front ? »

Un violent éclat traverse le regard bleu transparent de Comenius. On s'attend à ce qu'il s'écrie, qu'il sermonne, qu'il convoque les passages appropriés de la Bible, moi-même je pourrais en citer quelques-uns fort à propos. Il reste calme. Comme une mère qui veut embrasser son enfant, il écarte les bras, puis enchaîne comme si le nom de Dieu n'avait pas été invoqué.

« En traversant toutes ces terres, à pied, à cheval ou en carrosse, je n'ai jamais vu la différence entre un arbre polonais, hollandais, suédois ou un arbre allemand, un arbre catholique ou protestant. Tout arbre pousse vers le ciel depuis ses racines. Il déploie sa couronne, ploie dans le vent, goûte autant la pluie que le soleil. J'ai vu des femmes qui n'avaient plus de larmes pour pleurer, leurs yeux saignaient, des mères qui n'avaient plus de lait pour nourrir leur bébé, elles leur donnaient leur propre sang, les enfants n'avaient plus d'avenir, ils ne pouvaient que devenir de nouveaux soldats barbares, puisque élevés dans la haine et sur la terre imbibée par le sang de leur père. C'est le monde que j'ai vu en venant ici. Que je vois depuis si longtemps. »

Comenius souffle, reprend une inspiration :

« Dieu ne peut rien pour nous si nous-mêmes ne faisons rien, rien pour nous améliorer et nous approcher de lui. Pourquoi devrait-il s'abaisser vers nous ? C'est à nous de nous élever. À nous de réparer nos lacunes et nos médiocrités. Nous en avons des moyens.

« Je raconte volontiers à qui veut bien m'écouter, surtout aux enfants, le mythe du premier enlèvement, celui qui nous concerne tous. Celui de Zeus transformé en beau bœuf blanc, tombé amoureux de la jeune fille délicieuse venant de Phénicie. Est-il bon de penser que le déracinement et l'innocence juvénile soient le fondement de notre continent naissant dans la Méditerranée ? Aujourd'hui, l'Europe est une terre qui boit le sang de ses enfants.

« Il est difficile d'admettre que parfois, sur le champ de bataille encore fumant de la colère des adversaires, pousse la fleur de l'espoir. La paix signée trois fois en Westphalie et les règles qui s'y sont inscrites n'auraient jamais vu le jour sans les atrocités qui ont duré trente ans. Je vous demande de m'accorder encore de votre patience un instant, vous verrez le temps long qu'il nous faut pour cheminer vers Dieu qui en possède la totalité.

« Il y a déjà deux siècles que le roi Georges de Bohême a défendu l'idée d'une confédération des rois et princes chrétiens pour protéger l'Europe. Il avait été élu par les États tchèques, comme lui acquis à la Réforme. Il se savait seul. Il cherchait du soutien, des alliances pour parer au danger qui venait du pape et des seigneurs catholiques aussi bien que des vrais ennemis de la chrétienté, les Turcs. Pris entre deux meules, il lui fallait trouver une solution, une paix universelle et stable, un nouvel ordre en Europe. Mais pas seulement celui du pape ou de l'empereur.

« La plupart des cours, celle de France, du Duché de Bourgogne, de Pologne, de Hongrie, ou bien celle des Brandebourgs et des Saxes, et même la sérénissime Venise, probablement sous la menace du pape, n'ont pas entendu la chose. Le traité de Westphalie, puisqu'il convient de l'appeler ainsi, est d'une certaine manière l'aboutissement du grand dessein de Georges. Un aboutissement et pourtant un début très timide. Est-ce du temps perdu ?

« Il serait facile de constituer une assemblée composée des ambassadeurs des différentes cours, de chercher l'entente et la protection mutuelle, et pour résoudre des litiges entre les pays, proposer la voie pacifique au moyen d'une Cour de justice commune. Malheureusement, les princes n'entendent que Machiavel et recherchent la guerre.

« Si le roi Georges usait de gentilshommes pour porter son message, je n'ai pas eu les mêmes moyens. Je n'ai recours qu'aux lettres et aux livres. La ville d'Amsterdam me confie les clés de sa bibliothèque, c'est une bonne place pour continuer mon œuvre. »

Moi qui espérais une commande... Ils discourent et disputent... Dans cette maison, pleine de têtes à peindre et de bourses assez garnies pour payer ma peinture, il faut ravir une bonne part de l'attention que tous prêtent à Comenius si je veux en obtenir une. Pas de place ici pour laisser vagabonder mon esprit, pas de distraction, point de faiblesse.

À y songer, il faut concéder à Comenius que la paix a du bon. Celle de Westphalie a par exemple permis de financer les travaux de la mairie d'Amsterdam.

On l'a inaugurée depuis un peu plus d'un an, mais les travaux sont loin d'être achevés. On passe des commandes pour des tableaux. Évidemment que je veux en être ! Pour le moment, la plus grosse commande a été faite à Govert Flinck et Jurriaen Ovens, mes anciens apprentis et élèves. On prétend me flatter, mais, en fait, on cherche à me blesser en m'affirmant qu'ils ont dépassé leur maître. Leur peinture est lisse et plaisante. Si seyante sur les grands murs, m'a-t-on dit. Fade, oui. J'ai dû serrer les dents sous les conseils d'Hendrickje, patienter, moi ! Un Rembrandt y aura sa place de choix, assurément, puisque c'est, dit-on, le plus grand bâtiment d'Europe destiné à gérer les affaires d'une ville. Croître, croître toujours. Nos bâtiments en sont de bons exemples… On aura d'autres occasions de fêter cet édifice avec mes tableaux sur les murs.

Quelques hommes se détachent du groupe, troublés par les propos de Comenius. Il y a les deux frères Justus et Philips Vingboons, architectes célèbres en ville, tout comme Jacob Van Campen. Ils se font courtiser par deux autres frères : Louis et Hendrick Trip, les fils de Marguerite de Geer et Jacob Trip. Les fils Trip se doivent de perpétuer la tradition familiale et de s'imposer à la ville. Ce sera un palais, un édifice qui affirmerait leur puissance, leur influence et leur richesse de manière flamboyante. Oui, c'est un projet important, imposant, un ambitieux dessein. Soit on raserait quelques pâtés de maisons, soit on empiéterait sur les bras du Dam, on régulerait les flots et on bâtirait sur des pieux.

Rien de nouveau, Jacob Van Campen n'a-t-il pas opéré ainsi lors de la construction de la nouvelle mairie ? Les 13 659 piles en bois sur lesquelles est assis le bâtiment lui ont assuré la gloire. Pratiquement toute la ville se tient ainsi, comme une danseuse en équilibre permanent sur ses pointes. On parlera de cette mairie et de sa construction pendant longtemps. Ce superbe bâtiment concentre et recèle en lui un immense terrain de bataille. Ils vont guerroyer dans les couloirs avec les bureaucrates et leurs papiers, ceux-là mêmes qui sont venus saisir mes biens et ma maison ! Ce pouvoir des bureaux est tout aussi redoutable et destructeur que celui d'une armée. Voilà ce que c'est que d'être puissant.

La puissance, ne jamais faiblir… J'en sais quelque chose. Mais, à la différence de ceux qui m'entourent, tous bien nés et richement dotés, je ne suis pas né dans la soie. J'y suis parvenu en dépit de ma modeste condition dont je me suis extirpé, la rage et la faim au ventre.

Les fils Trip étalent sur une table la carte d'Amsterdam. Ils consultent les architectes afin de trouver le meilleur emplacement pour leur futur palais familial. Ils prévoient de revoir la taille du port, la fluidité de ses accès, la possibilité de la fermeture et de la défense de la cité, l'élargissement des chantiers navals à son extrémité. Les canaux sont les veines qui amènent la vie même dans la ville. Les frères Trip veulent construire en son cœur. À l'intérieur. On se préserve, on tamise, on choisit. Plus d'odeur, plus de bruit. Le son feutré. La tranquillité. La façade principale donnera ostensiblement sur une place, pour mieux dominer, maîtriser l'espace qui l'entoure.

Jan Vos plante son doigt sur le quartier juif en disant : « À raser, donc. On dit qu'y règne un désordre fort bruyant. » Il ne dissimule pas son sourire narquois. Quelques hommes hochent la tête de concert pour approuver la proposition et son intérêt. Ce n'est pas contre les Juifs, c'est pour me narguer. Mon ancienne maison, rue Breestraat, toute proche, quelques décennies après sa construction, et elle serait bonne à détruire ? Serait-ce à moi qu'on s'en prend ?

Tenir. Sourire.

« La chamaille dans le quartier juif? dis-je. Vous voulez dire le jeune Spinoza ? Ils ne parlaient que de ça, l'excommunication. Ça bagarrait ferme. Depuis la fin de juillet, on n'en parle plus. C'est un quartier au commerce florissant. »

On me regarde comme un homme instruit des choses qui normalement ne sortent pas du quartier à la limite duquel j'ai habité. Je mets ainsi à distance le sujet de ma saisie par les huissiers, dont certains auraient aimé parler pour rappeler à mon bon souvenir les dettes contractées qui courent encore. L'assistance attend des détails sur cette affaire d'excommunication, mais je n'ai pas grand-chose à ajouter. Mes modèles juifs ne m'ont pas tout raconté non plus, d'un geste vague j'élude la suite.

Jan Vos revient à la carte, évalue les possibilités, puis remarque à l'adresse des frères Trip :

« En temps de guerre ou pendant la paix, vos affaires se portent bien, n'est-ce pas ? Vous pouvez raser bien plus qu'un pâté de maisons insalubres, vous pouvez changer tout un quartier. »

Les sourires polis et contraints sur les visages de l'auditoire répondent aux propos sur la guerre et l'Europe de Comenius. Son plaidoyer pour la paix était osé. Dans chaque famille, la guerre touche quelques parents proches ou plus éloignés, nous avons tous déploré un ou plusieurs morts de la peste, des relations abîmées par les combats, des famines ou des défaites dans les batailles sur terre ou sur les mers. Cependant, chacun ici présent a su y trouver quelques bénéfices. Il serait stupide de ne pas en saisir les opportunités… et de ne pas le reconnaître. Moi-même, j'ai perdu de l'argent à cause de la guerre des épices, mais grâce à elle, j'en ai aussi gagné beaucoup.

Marguerite repend la parole et résume la conversation mieux que quiconque :

« Tant qu'il y aura des hommes qui sauront tirer quelque profit de la guerre, celle-ci perdurera, ne le savez-vous pas ? On vous dit sage, mais vous avez été aussi un petit garçon, non ? Regardez les enfants dans la cour. À quoi jouent-ils ? À celui qui arrive à grimper sur une marche plus haute que celle d'un autre, à viser le nid d'hirondelle sous le toit d'un appentis, à être le plus fort, le plus rapide, le meilleur, et surtout le premier.

— Féliciter le premier ne veut pas dire humilier les autres. »

Il m'amuse. Cet homme, patronné depuis des années par la famille des plus grands armuriers d'Amsterdam, autant dire du monde, va finir par contrarier la femme actuellement la plus importante de sa vie, la tante de son mécène absent !

Laurens de Geer va bientôt revenir de Suède, il ne sera que de passage, il doit se rendre en Afrique, sur la Côte-de-l'Or, surveiller la gestion de la Compagnie commerciale suédoise d'Afrique, créée quelques années auparavant avec des capitaux hollandais. La prochaine guerre pourrait bien éclater là-bas. Encore une… Et moi ? J'espère une commande dans cette bonne société. On ne peut pas s'attendrir. La guerre, la grande nourrice !

Marguerite de Geer, lèvres pincées, ne laisse rien transparaître sur son visage. Elle m'a vu et enfin se tourne vers moi. Je l'approche. La mince ligne de ses lèvres anime ses joues creusées par l'âge, et dans ses yeux je note un peu de tendresse. Elle me demande comment vont mes affaires. À Amsterdam, tout est affaire. Avec Marguerite, nous avons plusieurs relations en commun, mais je ne suis pas son intime, d'autant moins après mes récents déboires. Une commande ferait de moi son protégé, protégé contre les attaques possibles et certainement mordantes des autres hôtes.

Comment vont mes affaires ? Il ne faut pas précipiter la réponse, il en va de mon avenir proche. Si cela avait été par exemple Jan Six, mon ami, qui m'avait posé la question, j'aurais été plus assuré de ma réponse, et avec ma franchise habituelle je lui aurais raconté les dernières nouvelles me concernant.

Mon ami Jan Six. Il n'attend plus rien de mes réponses, si franches soient-elles. Depuis son mariage avec la fille de Nicolas Tulp, il s'est définitivement installé dans le très haut cercle de la bourgeoisie d'Amsterdam et ses ambitions sont grandes. Je l'ai connu jeune homme, bien introduit dans le grand monde puisque son père a été un riche marchand drapier. Jan a hérité de ses ancêtres huguenots une réelle affection pour les arts et les lettres. Quand j'ai fait le portrait de sa mère, Anne, une femme dont tout homme peut rêver pour tenir correctement les affaires de la famille, la maison, les comptes et même répandre la bonne humeur lors d'un repas d'affaires, nous nous sommes liés d'amitié. Il était beau, cela jouait pour lui, je n'y peux rien, je suis sensible à la beauté, et il avait l'œil pour la reconnaître. Il sait manier les mots correctement, même Jan Vos doit l'admettre, c'est dire ! Sa pièce, *Médée*, est jouée au théâtre de la ville. Bref, Jan Six a l'avenir devant lui. Cela va faire bientôt deux ans que je l'ai portraituré. Ses gants sont particulièrement réussis, je m'en suis félicité devant lui. Pour le portrait de sa mère, j'aurais dû demander le double du prix, ils auraient payé avec plaisir. Ce soir, Jan Six est ici, dans la foule et pas à mes côtés comme à l'habitude.

Quant à mes affaires, la plus importante est celle de la mort de Geertje. Ah oui, cela fait quelques semaines à peine. Sa voisine m'a immédiatement prévenu. J'ai aussitôt dépêché quelqu'un pour aller récupérer les bijoux de Saskia que Geertje avait emportés en dépit de notre accord. J'en ai récupéré la plupart. C'était bien le nœud de notre brouille depuis tant d'années et même la cause de sa mort, je présume. Geertje, à la différence de Marguerite qui se tient devant moi, était toute jeune, et peut-être plaisante à voir. Mais la rage qu'elle nourrissait contre moi s'était transformée en folie et l'a rongée jusqu'à la mort. Ma faute est de ne pas m'en être rendu compte. Loin de moi l'idée d'affirmer que la richesse est négligeable, je suis le premier à l'apprécier, mais les diamants de Saskia que Geertje avait volés – oui, c'est bien ce qu'elle avait fait –, c'était un geste impardonnable. D'aucuns m'accusent d'être la vraie raison de sa déraison, moi et cette stupide idée de mariage qu'elle s'était mise en tête. Madame Rembrandt Van Rijn ! Mais c'est de la pure calomnie. Je n'avais rien promis. Une bague ne veut rien dire. Alors, elle s'est servie dans les bijoux qui devaient revenir à Titus. Ah, cette fille ! Lors de mon deuil, elle savait y faire, c'est elle qui m'a mise dans son lit et pas l'inverse. Si son corps me réchauffait, les tendresses, presque maternelles, elles les réservaient à mon fils. Pute la nuit, sainte le jour. Bref, au bout de plusieurs passages que nous nous sommes infligés devant les juges, ajoutés à des années de haine, Geertje n'est plus là pour peser sur ma vie.

Dans une telle soirée, il faut montrer une façade sans craquelure, ainsi, ce soir, ai-je orné ma veste de velours d'une des broches de Saskia. En forme de fleur, sertie de quelques petits diamants, rien d'ostentatoire, avec la perle qui pend délicatement pour compléter le tout, elle est splendide. J'ai éprouvé un vrai plaisir à me parer de cette broche. Je devrais me sentir léger. Mais ce n'est pas le cas. Jamais je ne pourrai vendre aucun des bijoux de Saskia, d'abord parce qu'ils reviennent tous à Titus. J'ai vraiment besoin d'une commande.

« Mes affaires se portent on ne peut mieux, chère Madame. Une lettre, pas plus tard que ce matin, m'avertissait de la bonne livraison de mes tableaux en Italie. Le Sud a besoin de notre lumière du Nord pour y voir clair.

— Vous rayonnez pour ainsi dire, dit-elle satisfaite. Vous, qui allez faire le portrait de mon époux et de moi-même, vous avez certainement quelques conseils éclairés à prodiguer à notre hôte Comenius, qui cherche de bons fournisseurs en papier de qualité. »

Jolie pirouette, digne de notre hôtesse. Voilà qui m'assure une belle commande, deux portraits, et me donne la charge de poursuivre une discussion avec Comenius qui ne peut intéresser personne d'autre que lui et moi, pour évincer le sujet de la guerre.

Il baisse la tête pour me saluer. Puis, il me tend la main comme il m'a tendu mon pilon. On ne peut pas refuser la main de quelqu'un qui s'incline devant vous et qui ressemble de près ou de loin à un poète antique. D'un geste ferme je la saisis, une jolie lueur brille dans ses yeux, il se joue de moi. Ou il joue avec moi. En tout cas, il tait notre première rencontre, m'épargnant ainsi une situation désagréable. C'est une attitude aimable, mais il ne me faut pas lui être redevable de quelque politesse.

L'assemblée se disperse doucement et s'éloigne du duo que nous formons.

Comenius et moi, nous devisons à propos de papier comme femmes parlant chiffon. Il est soucieux de l'imprimerie, moi de la gravure ; nous devrions trouver un terrain d'entente.

Il a une idée bien précise du papier qui lui conviendrait pour ses lettres. Le papier fin est le meilleur, et il ne boit pas trop d'encre, ce qui lui coûterait cher puisqu'il écrit abondamment. Moi, je préfère du papier plus épais, contenant une plus grande quantité de chiffe de lin, plus souple, il se roule mieux. Sur ce papier tout aussi bien laminé et traité au silex, le fusain tendre en bois de tilleul accroche suffisamment, mais ne salit pas. Par souci d'économie, pour mes apprentis, il faut un papier résistant. Qu'il ne soit pas d'une blancheur immaculée est un avantage. On peut le nettoyer avec un chiffon et revenir sur le dessin plusieurs fois jusqu'à satisfaction. Il ne manque plus que des rehauts à la craie blanche, la lumière.

J'avais une belle collection d'œuvres venues d'ailleurs, surtout des gravures et copies sur des supports les plus variés, notamment des papiers de qualités très diverses. C'est du passé. Je ne suis plus guère en mesure de m'offrir de telles œuvres, mais je considère que tout homme se prenant pour un peintre, un architecte, ou exerçant tout autre métier d'art, devrait se renseigner sur ce qui se fait de meilleur sous d'autres cieux. C'est une question de confiance en les artistes et artisans des autres coins du monde. Ensuite, la copie, qu'on peut comparer à une autopsie du corps humain, suffit pour comprendre et apprendre.

Collectionner et copier, ce sont des passions dont je me garde bien de parler en public, surtout en ce moment, de crainte qu'on ne vienne me les saisir. Beaucoup de ces copies ont fini dans le canal, et Comenius a assisté à leur noyade.

Il se montre sincèrement intéressé par la question du papier et s'inquiète de savoir s'il lui serait possible d'en examiner différentes sortes dont je dispose. Un empressement non dissimulé l'anime et ses yeux brillent de petites étincelles de curiosité. Je suis tenté de lui dire de venir le lendemain à la maison, mais je m'arrête à temps. La nouvelle maison de la rue Rozengracht n'est prête à recevoir personne.

« J'aimerais m'entretenir avec vous d'un sujet particulier », dit Comenius.

J'attends. Pensif quelques instants, il reprend en faisant un pas supplémentaire vers moi :

« Il me plairait de soumettre un dessin à votre jugement.

— De quel dessin s'agit-il ? Je connais l'auteur ? »

Il sort de sa poche un petit rouleau de papier, le déroule et dévoile un dessin médiocre, malgré tout assez évocateur : un peintre travaille, assis devant son chevalet ; à ses côtés, près d'une table, se tiennent sa femme et deux enfants. Le tout est réalisé sans aucun esprit, c'est une œuvrette presque enfantine, le trait en est grossier, aucune perspective. Si l'un de mes apprentis me présentait un tel croquis, je le renverrais sur-le-champ de mon atelier.

Sur la réserve, je lui demande :

« Ce dessin est-il destiné à quelqu'un ou quelque chose en particulier ?

— L'auteur n'a pas d'importance. Mais j'espère que le plus grand nombre le verra. »

L'exaspération me gagne. Comment peut-il prétendre montrer ce barbouillage à quelqu'un ?

« Qui peut apprécier un tel gribouillis ? »

Il ne prend pas ombrage de ma question :

« Ce n'est pas le sujet. Pensez-vous que ce dessin soit à la fois simple et explicite pour être immédiatement compris de tous ? Mon but est qu'il trouve un écho auprès de tous ceux qui le verront et mon ambition est qu'ils soient nombreux à en prendre connaissance. »

Oui, il l'a dit et redit, avec son regard candide de vieillard doux, inoffensif. Pour moi, impossible d'accepter un griffonnage pareil. Je suis déçu par cet homme, dont j'espérais je ne sais quoi d'ailleurs.

Comble de tout, comme pour s'excuser, il répète que l'auteur n'importe guère. Quel toupet ! Dire cela à un peintre qui n'aura que sa signature quand tout le monde l'aura copié et dont on aura peut-être oublié l'existence. Ne subsistera dans un recoin du tableau que son identité, aussi mauvais peintre ait-il pu être. Décidément, Comenius n'a rien compris à l'art et à son exigence, même si on le dit savant et sage.

Ah, il recommence à m'expliquer que son but est de diffuser non seulement ce dessin-ci, mais plein d'autres de ce style, partout dans tous les pays.

« Pourquoi passer outre la qualité d'une œuvre et, de fait, ne pas toucher la sensibilité des gens ? En outre, dans ce cas précis, vous la tuez ! »

Interdit par mes remarques, il répond :

« Je ne parle pas d'art, je parle d'éducation. Je ne parle pas d'un pays en particulier, je parle de l'Europe. C'est ce jeune peintre à qui la ville a commandé mon portrait, Jurriaen Ovens, qui m'a conseillé de poser la question au maître. N'est-ce pas vous ?

— Jurriaen Ovens va faire votre portrait officiel ? Payé par la ville ? »

À l'autre bout de la pièce, j'aperçois Jan Vos, tout animé, qui m'observe. Issu d'une famille aisée, il est aussi régent du théâtre, ce qui est une noble fonction et une enviable situation. Il organise des processions et des festivités, bref, tout ce qui brille. Pour un verrier, cela lui va bien. Je l'entends faire l'éloge de la nouvelle pièce qui sera donnée au théâtre de Van Campen. Il la vante pour mieux la vendre ! Pff ! tout le monde est ici pour dégotter ou conclure une affaire, en promettre une autre. Y compris moi, réduit à flagorner pour peindre, presque dans la nécessité après la faillite. Ce soir, j'ai obtenu ce que j'espérais. Alors, il suffit, je me suis assez retenu, j'ai assez écouté.

Avant qu'on ne me rappelle ma mauvaise fortune, je quitte la Maison-aux-Têtes, trop pleine de celles qui malgré leur prix une fois peintes, ne me reviennent pas. Pour être honnête, celle de Comenius ne me laisse pas indifférent… comment ne pas voir en lui le portrait non d'un saint mais d'un poète, et pourquoi pas d'Homère ?

Jan Vos s'exclame à mon passage :

« Toujours aussi impétueux ! »

Et moi en retour :

« Toujours aussi vivant ! »

LE MONDE DES YEUX VIDES

1663

J'ai accepté l'invitation de Rembrandt. Nous nous sommes rencontrés il y a quelques jours à Westerkerk. Happé par mon travail et saisi par mes vieilles douleurs au dos, je n'y vais pas souvent, bien que cette église ne soit pas loin de mon logis. La marche m'épuise vite. Mais Rembrandt a formulé habilement son envie de me voir chez lui : « Comenius, te voilà installé à Amsterdam depuis des années, c'est en voisin que nous devrions nous saluer. Si tu es venu sans y être invité dans ma grande maison, lors de ce triste jour de la saisie, tu peux venir dans celle de la rue Rozengracht avec mon consentement. Disons que c'est Dieu qui nous réunit aujourd'hui. »

Sa prière devait être rapide, puisque d'après ses propres paroles, il ne fréquente pas l'église assidûment, même si elle se trouve au bout de sa rue. Et de la mienne, Prinsengracht. Il en est reparti avec le même empressement que de chez Marguerite de Geer.

À repenser à cette soirée, bien qu'elle ait eu lieu il y a déjà six ans, je la garde bien en mémoire, mon ami Joachim Hübner qui y était présent, m'a fait comprendre que j'avais pris trop de liberté de parole chez notre hôtesse, une femme remarquable.

Elle a accepté mes excuses pour avoir abusé de l'attention de ses invités, puis Rembrandt en est parti sans prendre congé d'elle ni de personne. Elle en avait ri avec malice.

Il serait impoli de refuser à un homme aussi fier que lui une proposition si franche, donc me voici chez Rembrandt, le peintre. Il est à son affaire. Sans plus de cérémonie, il m'a fait asseoir sur une chaise à accoudoirs plutôt que dans un fauteuil capitonné. J'attendais une conversation, mais il a fait jouer les toiles qui obstruaient les fenêtres jusqu'à ce qu'il soit satisfait de la qualité et du volume de la lumière dans la pièce, puis il s'est mis à son ouvrage. Sans un mot.

Dès les premiers instants, j'ai été pris au dépourvu, soumis à la volonté du peintre. À mon âge, je sais faire des choix, établir des priorités. Être assis dans une pièce ; ne pas bouger ; écouter grommeler dans sa barbe un peintre dont la gloire s'étiole, dont le cours s'effondre et qui fait feu de tout bois mais qui fait surtout commerce de ses humeurs – quel intérêt !

Son ancien élève, Jurriaen Ovens, qui a peint mon portrait l'année dernière, était autrement prévenant. Il s'inquiétait de mon confort, de ma fatigue, me servait à boire pour me rafraîchir, et m'offrait de petits biscuits secs aux épices pour m'être agréable. Ici, rien.

Et pourtant, je suis là. Et je goûte, chose étrange, une quiétude que je ne me suis pas offerte depuis des années, hors le temps des prières. Dans ma maison, bien modeste, nous vivons tous ensemble, mes enfants et ma troisième femme, Jana. Peter Figulus, mon fils adoptif est parti à Nassenhuben, près de Gdansk, s'occuper de l'école. Il revenait parfois à Amsterdam, pour moi et nos projets, mais surtout pour Alžběta, ma deuxième fille, si bien qu'ils ont fini par se marier l'année dernière. Le jeune ménage nous a donc quittés. Je loge quelques-uns de mes aides qui travaillent et dorment dans le local de l'imprimerie. L'une des pièces à l'étage est entièrement occupée par mon cabinet de travail. Cela demande beaucoup de place et je ne saurais faire avec plus petit. Il me faut tout trier, réécrire, corriger et copier, préparer pour l'impression. Faute d'espace pour installer une table de taille convenable et des étagères en nombre suffisant, des coffres pleins de livres envahissent la maison. Ma femme Jana ne s'en plaint plus, elle sait que cela ne sert à rien. J'aurais aimé avoir une belle table comme celle vue dans la précédente grande maison du peintre avant qu'il n'en soit chassé. Je me souviens très bien d'elle. Elle n'est pas là et pour une bonne raison, elle ne rentrerait certainement pas dans cette maison-ci.

Lors de nos présentations chez les de Geer, il a fallu répéter mon nom deux fois à Rembrandt, même si je ne doutais pas qu'il m'ait reconnu tout de suite et qu'il se soit souvenu de moi, sans ne laisser rien paraître. Quelques bonnes âmes m'y ont dévoilé des détails sur les déconvenues financières et familiales qui conduisirent à la saisie de sa grande maison et de tous ses biens. Cela n'a pas contribué à tempérer sa hargne. Il veut plus que jamais retrouver son rang qu'il estimait devoir lui revenir dans la cité et dans l'histoire. Tout récemment, je me suis laissé dire que son fils Titus a gagné son procès contre les créanciers et qu'il pouvait récupérer une partie des sommes saisies. Les rencontres dans les grandes maisons bourgeoises servent à cela, à attester que les ragots circulant en ville sont avérés ou à les démentir. Dans le cas de Rembrandt, moins il vient chez les grands bourgeois et seigneurs, et aussi à l'église, plus on parle de lui. Il est possible que nous ayons cela en commun, mais pour des raisons différentes. Certains s'attendaient à me voir à l'église tous les jours, du matin au soir. Personne n'est surpris de ne pas y rencontrer Rembrandt.

Par Ovens, j'ai su que sa femme Hendrickje et son fils Titus ont créé une société de vente d'objets d'art, le peintre est donc l'employé de sa femme et de son fils. Railleur, il a laissé entendre que sa femme lui procurait un salaire, de quoi vivre, mais contrôlait ses finances. Pour garder son rang, c'est lui qui négocie, mais c'est Hendrickje qui traite *in fine* avec les clients et qui empoche l'argent. Vu les circonstances et les lois du pays, c'est un arrangement des plus raisonnables pour un homme d'un tempérament aussi enflammé. Et tout aussi humiliant. Tout le monde sait mais tout le monde se tait devant le peintre, soit par pitié, soit par crainte. Ayant été son élève, Jurriaen Ovens assure que Rembrandt est, certes, un véritable maître mais qu'il faut craindre ses colères. Il m'a dit aussi que son collègue Govert Flinck qui avait la charge de la plus grande commande de tableaux pour la nouvelle mairie était mort en 1660. On a proposé à Rembrandt de fournir une œuvre. Il a accepté. « Contraint et tiraillé entre la nécessité financière, la fierté d'avoir une œuvre dans cet édifice admirable et l'envie de refuser une aumône », a dit le jeune peintre, si sûr de son jugement. Ici, chez Rembrandt, le silence domine.

Je songe aux autres nouvelles qui parcourent la ville, préoccupantes celles-ci. La peste est de retour. On a déjà recensé plusieurs cas dans les quartiers pauvres du dehors. La fermeture des portes de la ville n'y fera rien, puisque la circulation sera maintenue sur les canaux extérieurs et intérieurs quoi qu'il arrive. On triera les bateaux, on exigera une quarantaine au large, mais en fonction des marchandises et de la pression des commerçants ; elle ne sera pas respectée. C'est le vice de notre temps, se hâter, vouloir tout précipiter. Tout, y compris le temps de la prière. Oui, tout, sauf quand il s'agit de prendre le chemin vers la paix.

En ville, on ferme tout de même les volets des maisons plus tôt que d'habitude. On aura besoin de davantage de bougies. Malheureusement, celles-ci vont être plus chères et plus petites, vu que tout le monde en voudra une quantité importante, à commencer par les églises pour les prières contre la maladie. Entre les mains des morts, on mettra les bougies plus fines. Le prix du tabac monte vite, puisque certains médecins assurent à leurs malades que fumer ou le mâcher tient à distance et repousse les miasmes, éloignant ainsi la peste. Je n'aime pas le tabac et j'ai des doutes sur son efficacité, tout comme sur celle de la prière dans ce cas-là. Il me semble bien plus raisonnable d'éviter les malades dans la mesure du possible. On est toujours surpris par la peste, elle n'envoie pas de signes avant-coureurs, mon expérience personnelle et les médecins le confirment. Je l'ai vue à l'œuvre, plusieurs fois, et de la manière la plus effroyable.

Mis à part la rédaction des discours, puisque je m'entretiens régulièrement à la bibliothèque avec plusieurs savants de la ville, je passe mes journées à ma table de travail, concentré sur la publication de l'ensemble de mon œuvre, comme convenu avec nos édiles. Ils ont été très satisfaits de ma dédicace sur l'*Opera didactica omnia* parue en 1657. Ils attendent la suite. Ma correspondance me prend le plus clair de mon temps. Je pourrais dicter, mes enfants me proposent régulièrement leur service, mais je tiens à tenir ma plume. Il est si bon de toucher le papier, d'y poser sa pensée. Il n'est pas d'outil plus simple et plus élégant qu'une plume. Et plus puissant. Je ne veux pas m'en départir. Pas encore, tant que je vois assez pour lire et écrire.

Pour Rembrandt, la visite chez Marguerite de Geer, il y a six ans, fut fructueuse. Les fils Trip, Louis et Hendrick lui ont généreusement payé les portraits de leurs parents. Il était juste temps pour Jacob Trip, qui est mort peu de temps après l'achèvement de l'œuvre. Marguerite vient régulièrement dans Trippenhuis, le nouveau palais de ses fils, qui en ont fini la construction à grands frais l'année dernière. Derrière la façade sobre mais élégante se cachent astucieusement deux maisons, une pour chaque frère. Un palais qui égale en hauteur la mairie de la ville, ce qui console les frères Trip qui, malgré leur fortune et leur influence incomparables, ne peuvent pas accéder à la gestion de la ville, n'en étant pas originaires.

La rumeur dit que Marguerite aime s'installer dans le fauteuil de la grande salle commune chez ses fils et contempler son propre couple : Jacob et elle, peints de la main de Rembrandt. Elle n'est pas sentimentale, il ne faut pas se méprendre. Elle m'a invité à m'asseoir à ses côtés et à les contempler, un jour où mon emploi du temps me le permet. Et je n'en dirais rien. À qui, d'ailleurs ?

Dernièrement, je me suis donc rendu dans le nouveau palais, même si ces grandes demeures m'oppressent. Je m'y sens vite perdu. Je suis condamné à suivre le domestique ou le propriétaire comme l'un de ces petits chiens qui deviennent à la mode.

Peu de grands bâtiments me plaisent. Mais j'aime les bibliothèques. L'espace y est pensé et fait pour le confort des livres et des lecteurs, c'est-à-dire assez généreux pour que le silence assiste l'étude et que la présence des autres ne dérange pas. Les églises sont tout à fait à part. Quant aux palais princiers et autres demeures nobles, ostentatoires, ils sont certes une vitrine de la richesse et des savoirs en matière d'art et d'artisanat. Mais on n'y trouve pas la vie.

Pourtant, moi aussi je rêve de grands bâtiments, de belle architecture, mais pour un usage bien particulier. J'ai les plans en tête, Peter a pris copie de mes notes. J'espère qu'il en disposera à bon escient à Nassenhuben. Au prochain courrier, je vais lui consigner toutes les indications pour l'installation et l'équipement des salles, pour les écoles comme pour les universités.

Voilà une bonne raison de m'entretenir avec Marguerite de Geer. C'était tout au moins mon intention et la raison principale de ma venue dans le nouveau palais de ses fils : demander son appui pour mon projet. Des écoles de tous niveaux. Ce serait tellement bénéfique, et pas seulement pour la ville.

Elle a fait apporter un deuxième fauteuil, devant les tableaux, à côté du sien ; nous nous sommes installés. Veuve depuis peu, il eût été logique qu'elle prenne place dans son fauteuil devant le portrait de son mari et ami depuis plus de cinquante ans. Pour autant nous nous sommes assis devant son propre portrait. Elle me questionne :

« Pensez-vous, Comenius, que les guerres sont inévitables ? Ne peut-on pas même avancer qu'elles sont “humaines” ? Vous les dites contre Dieu, pourtant c'est en son nom que les hommes les font. Qu'en pensez-vous, les hommes sont ainsi faits ?

— C'est aux mères d'expliquer la guerre et ses méfaits, et d'affirmer leur attachement à la vie de leurs pères, leurs fils, leurs époux. L'enfant qui ne sait rien apprend ce qu'on lui enseigne. Et s'il apprend mal, c'est parce qu'on lui a mal enseigné, qu'on l'a mal guidé lors de son apprentissage, lors de la formation de ses raisonnements.

— Comment voulez-vous qu'une mère ne félicite pas son fils pour sa victoire lors d'une bagarre ? Vous voulez changer la nature humaine ?

— L'améliorer, la corriger.

— Quelle utopie. Avez-vous un remède à cette situation ?

— L'*Opera didactica omnia*. Ma *Grande didactique*. Avec Joachim Hübner et Peter Figulus, mes collaborateurs, nous avons pu réunir la majorité de mes textes importants, ils figurent dans cet ouvrage.

— Une œuvre considérable, me dit-on.

— Longue. Vaste. Personne ne prétend que cela est une chose facile que d'améliorer l'homme. »

Marguerite acquiesce, je poursuis :

« Vous voyez, trente ans, comme la guerre, trente ans de travail et l'œuvre a vu le jour dans sa forme complète et en latin, ici à Amsterdam. L'œuvre de la patience et du recommencement. J'ai commencé à la rédiger en 1627, alors en langue tchèque, encore sur ma terre natale. Le contenu de ce livre n'est pas propre aux Tchèques et aux Moraves, mais concerne tous les êtres sans distinction de nationalité, de religion, de lieu de naissance, de sexe ou de richesse. J'ai donc élaboré une version en latin. Ce sera ensuite à chaque nation de juger si elle se satisfait de cette version, ou si elle va s'appliquer à la traduire dans sa propre langue.

— Et le sujet du livre ?

— Ce dont nous parlons, une méthode relative à l'éducation de l'enfant depuis sa naissance jusqu'à l'âge de vingt-quatre ans. Si la mère est la première à instruire l'enfant, elle n'est pas et ne doit être la seule. J'y expose les principes généraux applicables à tous.

— À tous ?

— Oui, il est possible de tout enseigner à tous. Il s'agit de concevoir une éducation universelle, appuyée sur une organisation scolaire adéquate, et notamment sur de bonnes écoles bien conçues et pourvues de maîtres éclairés.

— Cela suffira-t-il pour déclarer la guerre à la guerre ?

— Mon arme, c'est l'école. Je le répète, puisqu'il le faut, l'école pour tous. Le même enseignement dispensé tant aux riches qu'aux pauvres, aux citadins qu'à ceux de la campagne, aux garçons qu'aux filles. Une instruction gratuite et répartie sur plusieurs années, divisée en différents degrés, dans une école qui instruit, améliore et enrichit l'individu et la société tout entière. Et, bien sûr, tout ceci dans le respect et l'amour de Dieu.

— En voilà un projet ambitieux. Aux coûts démesurés.

— Bâtir une école ne doit pas coûter plus cher que de construire un bateau de guerre ou un palais princier. Et c'est un bien meilleur investissement. Vous êtes une mère, vous savez tout cela. N'avez-vous pas réalisé votre meilleur placement dans le temps et dans l'énergie consacrés à vos fils qui en retour vous honorent ?

— Oui, mes fils. Et voici mon mari », elle désigne son portrait.

Son mari, Rembrandt le montre, selon l'usage, de trois quarts, la tête tournée vers son épouse, mais les yeux dirigés vers le public, ce qui donne cette impression qu'il nous observe, quel que soit l'endroit où nous nous trouvons. Marguerite scrute son propre portrait, moi également, mon regard aspiré par celui de la femme sur le tableau. Marguerite, à mes côtés, pouffe d'un petit rire presque coquin.

« Rembrandt a tout compris.

— Quant à moi, c'est Jurriaen Ovens qui a exécuté mon portrait…

— Nous avions mal jugé votre exigence… À présent, nous savons tous votre ambition et votre dessein. Mais Rembrandt, c'est trop de caractère. De toute façon, les commandes officielles ne lui seront plus confiées. Mais même en faisant faillite, il n'a rien perdu de son talent et il se peut qu'il ait gagné en acuité. Là, vous voyez, ne-suis je pas belle ? Je vous en prie, épargnez-moi tout compliment. Ce tableau m'accorde une place de choix et il me permet d'accéder à la postérité. Vous verrez, si jamais un jour, malgré tout, il vous peint.

— La postérité, c'est séduisant. Surtout offerte par Rembrandt.

— Il a bien eu raison de faire mon portrait de face. De face, comme j'ai su affronter la vie, tenir la maison, assurer notre avenir. "On" a pu dire que ce n'était guère convenable de m'afficher ainsi, de manière si ostensible. D'ailleurs, mes fils ont été gênés, au début. Ils considéraient cela comme un manque de respect envers leur père. Mais, ils se sont faits à l'idée que mettre leur mère en valeur n'était pas injuste. J'observe mon portrait sans baisser le regard et en ignorant celui de mon mari, si cela me plaît. Aucun miroir ne vaut ce portrait. Grâce au génie du peintre, cette vieille femme sans beauté particulière est également moi enfant, jeune fille et femme mûre qui approche de la mort. Il lie mon passé, mon présent et mon avenir. Qu'en pensez-vous ? N'est-ce pas cruel que nous devions constamment choisir, trier, hiérarchiser, Comenius ? Comme si la valeur de l'un rabaissait celle de l'autre.

— Nous ne faisons pas toujours contre, il nous arrive de faire avec, ou pour, n'est-ce pas ?

— Tout est question d'équilibre. Voyez mon mari, il regarde déjà ailleurs. Il est vrai qu'on peut imaginer mon portrait seul sur le mur, continue-t-elle, sans son pendant.

— Chère Marguerite, l'âge nous libère de presque tout.

— Oui, la vieillesse se mérite »

En chemin vers Rembrandt, cette conversation m'est revenue à l'esprit. Ma maison se trouve à quelques rues de celle du peintre, j'ai pu aller chez lui tout seul sans que l'un de mes enfants m'accompagne. Ils vaquaient à leurs occupations. Je pensais être de retour rapidement, après une simple visite de courtoisie, le temps de boire un gobelet d'eau pour la route du retour et de le complimenter sur les portraits chez les Trip, cependant habité par une envie encore malaisée d'obtenir qu'il fasse aussi mon portrait.

Le peintre travaille. Je sais reconnaître un homme qui travaille. D'après le soleil, il dessine au moins depuis deux bonnes heures, avec l'ardeur et la concentration d'un jeune homme. Pour mon dos endolori, le siège qu'il m'a offert est assez confortable, cela libère mon esprit. Étonnamment tranquille, je suis tout simplement ici. Les bruits se sont tus, l'agitation de la ville, les odeurs de la rue et des canaux sont recouvertes par les fortes effluves de l'atelier. L'idée même d'une vie en dehors de cette pièce paraît saugrenue. Toujours pas question de rafraîchissement, de conversation.

Quand, tout à l'heure, j'ai voulu me lever et partir, sans lui dire un mot – qu'aurais-je pu dire d'ailleurs –, d'autorité et les dents serrées il a dit « assis ! » et je me suis exécuté. Il n'y a pas d'explication à cela. Son ordre résonnait de cette urgence qui m'est familière. On n'interrompt pas une œuvre en cours d'élaboration.

Ses mains exécutent une sorte de danse, ferme et légère, quand soudain il pousse un cri sourd, mécontent, et met son dessin de côté, plus loin sur la table. C'est le deuxième. Il prépare une nouvelle feuille et avant de reprendre, il affirme que la blancheur de ma barbe l'inspire, que mes rides sont comme une carte des routes de la mémoire, celle que le poète doit saisir pour chanter ses vers au mot près. Les anciens chantent, content pendant des heures, moi je dois poser aussi longtemps.

J'ai donc bien vu qu'il n'avait pas besoin de me connaître. Il voulait seulement regarder ma vieille carcasse. Qu'il en profite. Que ma tête serve à quelque chose qui me dépasse et dépasse ma volonté ? Offrir ma tête à quelqu'un ? Je joue ma vie depuis si longtemps… J'aurais aimé, j'aimerais, je ne dis pas, pas encore « je veux », qu'il fasse mon portrait. Je n'en ai pas les moyens. Rembrandt est trop cher en dépit de sa faillite, moi trop pauvre, malgré les honneurs. Ce serait bien une des rares fois que ma bourse me ferait regretter une fantaisie, celle de devenir moi-même un centre d'intérêt. Cela dit, un portrait de nos jours n'est pas une coquetterie. C'est un moyen d'atteindre l'inatteignable par les voies ordinaires.

Je ne suis pas une jeune femme à marier dont on envoie l'image flatteuse aux prétendants, j'ai des idées à promouvoir, des gens influents à convaincre. Avoir son portait vaut fortune ou gloire. Là, je rejoins Rembrandt : l'auteur compte autant que le sujet, si ce n'est plus. Jurriaen Ovens est de nos jours plus en vue que Rembrandt, je devrais être satisfait. Oui, jouir d'un portrait officiel commandé et payé par le conseil de la ville, c'est bien. Il leur appartient. Être peint par Rembrandt, c'est autre chose. Et c'est une expérience. Marguerite de Geer ne pense pas autrement.

Non, ce n'est pas moi qui l'intéresse. Il n'immortalise pas Comenius, le savant, le théologien, évêque de l'Église des Frères moraves unis. Sur la feuille devant moi, un vieillard en train de dicter des vers à son disciple assis à sa droite prend corps. Ma tête a servi de modèle pour un autre. C'est étrange. J'ai, avec certitude et en un seul instant, reconnu ma tête et le portrait du poète. Pourtant, nul ne sait à quoi ressemblait ce poète. Et ce vieil homme sur le papier n'est pas mon portrait. Mais, indiscutablement, il l'est.

Quand Homère est arrivé à Naples, le consul hollandais Abraham Casembroot vint au port en personne pour accueillir et surveiller le déchargement de la précieuse cargaison. Mon premier portrait de poète, un buste sans vie, je l'avais peint au sommet de ma gloire, il y a tout juste dix ans, en 1653. Le tableau a ensuite été réexpédié par un autre bateau, plus petit, mais tout aussi sûr, à Messine, à don Antonio Ruffo Spadafora de Carlo, le sénateur, duc de Bagnara. J'ai mes informateurs en Italie, comme Ruffo a les siens en Hollande. On m'a conté la remise du tableau en détail, de même les commanditaires s'informent régulièrement de l'avancement de leur œuvre. Toutefois, pour eux c'est plus difficile. Peu de gens rentrent dans mon atelier, et mes élèves ont l'interdiction d'informer qui que ce soit sur l'état des tableaux en cours d'exécution. Sinon, c'est la porte. Ils ne sont plus aussi nombreux qu'avant, certes, mais, de ce fait, ils sont d'autant plus faciles à surveiller.

Mes tableaux ont à chaque fois été soigneusement convoyés jusqu'à leur propriétaire. Oui, je le dis ! Mes œuvres furent impatiemment espérées et attendues en Italie. On m'y demandait sans que jamais je n'aie été obligé de m'y rendre.

Encore mieux, les éminents nobles et amateurs d'art italien viennent chez moi, ou envoient leurs émissaires acheter mes tableaux. Et, c'est un comble, ils s'achètent mes autoportraits et partent avec mon regard sur la toile, heureux d'avoir déboursé des sommes prodigieuses. Voilà ma gloire ! S'ils ne savent pas toujours pourquoi ils sont séduits, moi, je le sais. Je questionne le fossé entre l'être et son paraître. Ce n'est pas un duel avec moi-même mais un duel avec le miroir – intermédiaire fidèle et traitre à la fois. C'est un défi interminable. Il faut se confronter au temps, aller au-delà du reflet, et à la toute fin, j'espère montrer mon vrai visage, bien que mon reflet soit un menteur. Dans mon regard et grâce au jeu de l'ombre et de la lumière naît l'homme dans lequel chacun se retrouve. L'être unique et universel.

Dans ce premier tableau à trois personnages, deux ne sont que des symboles. Le poète, Homère, est un buste en plâtre qui impose de la gravité à tout spectateur, mais seul l'homme instruit sait, devine et révère les pensées qui animent le sage antique. L'autre, le guerrier, c'est-à-dire l'homme politique, est Alexandre le Grand. Je trouvais amusant de le faire petit. Il faut être bien attentif pour le voir. Je l'ai représenté sur le médaillon accroché à la chaîne d'or de mon sujet principal : le seul personnage vivant de ce tableau, le philosophe.

De prime abord, j'avais l'intention d'y placer l'un de mes portraits. Le peintre vaut le philosophe, n'est-ce pas ? Il fait le pont entre les paroles du poète et les actes du politique. Il se joue de la réalité, il peut produire des illusions, évoquer toutes les promesses, sublimer le monde, mais aussi le montrer dans toute sa cruauté.

Je me suis ravisé. Le philosophe, tenu à la recherche de la vérité, convenait mieux. Donc Aristote. Le savant vivant face au poète immortel et au service du politique désireux de la gloire aussi bien terrestre qu'éternelle. C'est l'un de mes amis juifs de mon quartier qui m'a servi de modèle pour Homère, oui, ça lui allait à merveille.

En tout cas, le sénateur Ruffo a aimé mon œuvre puisqu'il a payé le prix de cinq cents florins, assez cher, m'a-t-on dit, comparé aux autres peintres, même des Italiens. Je ne suis pas italien, je suis Rembrandt.

Dans la foulée, il a commandé deux autres toiles. Un *Alexandre le Grand* et un *Homère*, justement.

Depuis que je lui ai envoyé *Alexandre*, cela va faire bientôt deux ans, nous avons un différend Ruffo et moi. Nous nous écrivons des lettres. Nous avons chacun le temps de réfléchir à la réponse. La correspondance par bateaux est si lente.

Il n'a pas apprécié *Alexandre*, s'est senti lésé par le prix que j'en voulais. Le fait que j'ai agrandi la toile en la cousant en plusieurs morceaux lui a déplu aussi. Il a exigé des excuses, une baisse conséquente du prix, et des retouches. Pour couronner le tout, il a jugé que la représentation d'Homère n'était guère réussie.

Dans ma réponse, ennuyé par ces pinailleries, j'ai fait valoir que ce n'était pas mon problème si, en Italie, personne n'était capable de juger de mon travail. Je ne me suis pas confondu en excuses. Finalement, Alexandre a été reverni. Il a suffi de peu pour faire disparaître les coutures qui gênaient ces messieurs. Puis j'ai prodigué des conseils épistolaires sur la façon d'accrocher correctement la toile, en tenant compte de la lumière, de sa direction, de sa force et de sa qualité. Chaque tableau doit disposer de sa propre place. Ces fameux Italiens auraient dû le savoir. Eux si fiers de leurs artistes et de leurs œuvres, voilà qu'ils prétendent ne pouvoir donner sa juste place à mon tableau.

Mon nouvel Homère sera magnifique. Il parlera de lui-même. J'en suis au troisième dessin. Mon modèle m'inspire.

Il s'appelle Comenius, Jan Amos. Nos retrouvailles ont été sommaires, ni lui ni moi n'avions envie de multiplier les cérémonies.

Son Église ne s'est pas enrichie depuis la dernière fois que je l'ai vu. Toujours le même manteau et nul signe extérieur d'aisance. Même le plus austère des protestants, calviniste ou luthérien, mais surtout les calvinistes (je les connais bien), ne résiste au col en dentelle de meilleure facture. Lui ne cherche pas à plaire. Il faut lui accorder qu'il est propre et soigné, vu son âge. Je sais de quoi je parle, je deviens vieux. Cinquante-sept ans pour un homme, c'est quelque chose. Ce Comenius, bien plus vieux que moi, est mon futur. Même vieux, il semble qu'on puisse embaumer l'air d'un agréable parfum, c'est une bonne nouvelle. Moi, je sentirai perpétuellement une odeur d'huile rance, de poudres de toutes sortes et d'enduit humide.

Comenius a accepté mon invitation sans que je lui indique clairement mon intention. Il est là, dans ma maison rue Rozengracht. Très poli, il regarde tout avec une belle curiosité, montre parfois plus d'intérêt pour tel objet ou tel autre, ne pose pas de questions, regarde, regarde, attend quelque chose. Attend-il quelque chose de moi ? Ce n'est pas mon souci. C'est moi qui attends quelque chose de lui. Je le veux.

Oui, je le veux – je te veux.

« Je te veux ». Naguère, cette expression résonnait dans ma maison de Breestraat, suivie des rires enjoués de Saskia. C'était un jeu. Je l'ai dit aussi à Geertje, et elle a ri, toute contente d'avoir réussi à me séduire. Et pour Hendrickje, pareil, si jeune à l'époque, souriante, douce. Je ne dis jamais aux hommes que je les veux, mais c'est la vérité. Les femmes, c'est plus facile, cela va de soi, elles en rient et se sentent désirées, cèdent. Plus tard, quelquefois, elles comprennent que cette faim qui m'anime n'est pas seulement celle qu'espère leur corps. Celle-ci, forte et insatiable, m'habite aussi et je ne me refuse aucun mets. En revanche, cette autre faim féroce à dévorer les hommes, les femmes, les enfants, le monde entier, elle fait de moi un ogre sans scrupule, égoïste et aveugle. Elle est magnifique, d'une qualité supérieure, indescriptible, souvent inavouable. Elle me fait aussi pleurer. Mais quel homme sensé avouerait des larmes provoquées par une touche de blanc qui soudain éclaire le tableau ?

J'ai invité Comenius, il est ici, j'ai faim de lui comme modèle, mais il me résiste. Mes deux premiers croquis sont bons pour la cheminée, je garde le dernier, moyennement satisfait du résultat. Maintenant, c'est à la toile de recevoir les premiers traits d'Homère et de son élève, dont Titus sera le parfait modèle. Comenius vient d'ailleurs, et, avec un geste franc, direct, au moment même où le monde me dépouillait, il me rendait mon outil premier, mon pilon. Aujourd'hui chez moi, il ne se laisse pas saisir en profondeur comme je procède d'ordinaire. J'y parviens toujours. Vais-je être obligé de me résigner, de déroger à mes habitudes, devenir aimable, faire mine de m'intéresser à lui, lui poser des questions ? Tout de même, mon Homère, c'est lui. Comment parle-t-on à un poète vieux de deux mille ans ?

Le regard du peintre m'intime l'immobilité et m'offre ainsi un temps étrange, inconnu, sur lequel je n'ai pas de prise. Ce n'est pas celui de la prière, ni celui du débat. Le peintre se tait, j'observe son visage, les fenêtres ne proposent qu'un bout de ciel gris, je reviens sur son visage, et pour la première fois dans ses yeux, je me vois.

Je regarde ses mains noires. La poudre noire est aussi sur sa barbe. Les bouts de ses doigts dansent sur le papier, suivant leur pression, le noir se dépose avec plus ou moins d'intensité. À ma grande surprise, je vois comment la lumière naît des taches et traces sombres.

Je cherche mon portrait dans ce labyrinthe des traits.

Non, non, ce n'est pas moi, les évidences d'un regard, aussi perçant soit-il, sont trompeuses. Il a parlé d'Homère.

Je ne suis pas Homère, pas plus qu'Ulysse, quoiqu'il soit flatteur d'embarquer en sa compagnie. Et mes tribulations ne sont pas un poème ! Je ne saurais pas les chanter tel un aède, il faut le souffle divin pour cela.

Ulysse est le vainqueur d'une guerre qui dura dix sanglantes années et qui coûta la vie aux plus célèbres héros. Cette guerre, lointaine et mythique, sonne comme une aventure. Mais celui qui a éprouvé la réalité d'une guerre ne peut, à mon sens, que la craindre et chercher la paix.

Ah, Ulysse, mon beau vainqueur, ton retour commence avec une flottille de douze bateaux et cinq cents hommes que tu perds au fur et à mesure de ta progression, pour finir tel un clochard ou un nouveau-né, nu sur la plage d'une île dont à ton réveil tu ne sais rien. Plus tu es seul et démuni sur ta route, plus tu deviens vivant. Moi, je fuis la guerre, je l'abhorre, je n'aime que la paix et, mourant à chaque pas qui m'éloigne de ma terre natale, j'ai toujours voyagé seul, rejoint plus tard par ma famille et de rares compagnons. Je suis un exilé.

Ulysse, tu es aventurier dans l'âme, au lieu de te satisfaire d'un retour direct et festif, pour célébrer ta malicieuse victoire sur les Troyens, par excès d'orgueil, tu fâches les dieux et notamment Poséidon, en ridiculisant et en tuant son fils. Le prix de ton orgueil, dix années de ta vie. Oui, les dieux sont exigeants et généreux à la fois. Tu gagnes la gloire après laquelle tu n'as pas couru. Tu es devenu le sujet d'un poème, le monde chante tes exploits de ton vivant, alors que la fin de ton voyage reste sans fin. Égaré sur la mer qui est pour toi ce que le champ est pour le laboureur, une nécessité, un outil de travail, oui, elle est un continent pour toi et les îles des trouées sur la carte.

Le peu de fois que j'ai pris la mer, ce n'était pas un plaisir, ni une aventure, ni une rencontre avec les dieux, qu'ils soient bons ou malfaisants. Je n'en avais pas le goût, c'était une obligation.

Ulysse, tu es convaincu de ton retour sur ta terre natale, de tes retrouvailles avec ta femme, ton fils. Après avoir taché les murs de ta maison du sang des prétendants massacrés, et après les avoir blanchis de nouveau, tu pourras rétablir l'ordre et vivre chez toi. À ton arrivée sur Ithaque, Athéna te rend ton apparence de jeune homme de trente ans.

À l'âge de trente-six ans, forcé de quitter mon pays, ma barbe était déjà blanche. Elle n'a jamais retrouvé sa couleur d'origine. Depuis bientôt trente-six ans, j'erre sur le continent. Quelle ride faudrait-il que je gomme ou que je creuse davantage, non pas sur mon front, mais dans mon cœur ?

Rembrandt, lui, ombre et étale de son pouce tel ou tel trait du dessin. Un geste infime et le visage s'affirme. Cela a l'air si facile.

Je me figure mes rides qui forment une carte qui se superpose à celle de l'Europe, à celle de mes voyages commencés loin d'ici, à l'Est, et à celle du margraviat de Moravie. Cette carte de Moravie, c'est moi qui l'ai dessinée et fait imprimer sur le papier, ici à Amsterdam, en 1627, c'est si loin. La tracer était facile et cruel, et si on me le demandait, je la dessinerais sur le champ, précise, détaillée, je n'omettrais rien. J'y suis né, je connais tous les vallons et les forêts, les cours d'eau et les chemins et routes moraves, surtout ceux autour des villages de Nivnice, Strážnice… Cette carte est gravée dans mon cœur et ma mémoire où elle saigne toujours. Elle servait aux protestants à fuir le pays. Mais qui sait combien de villages existent encore et combien ont été effacés de la surface de la Terre pendant la guerre de Trente Ans ?

Pourtant, mon premier véritable voyage était heureux, il avait un but et se terminait par un retour, et ce fut justement à Amsterdam. On était en 1613, j'avais vingt et un ans, pas de vraie barbe au menton, seuls quelques poils clairsemés.

Rembrandt devait être un gamin, alors que je terminais mes années universitaires, d'abord à Herborn, puis à Heidelberg, oh, que j'ai aimé mes professeurs Alsted et Piscator, la vie étudiante, mes compagnons. J'ai tout de suite aimé aussi cette ville qui comme moi était encore provinciale et pleine d'espoir. Elle a beaucoup changé depuis, moi aussi. D'un petit nœud de canaux à la lecture facile, elle est devenue une toile d'araignée indéchiffrable. Elle s'est agrandie, moi j'ai vieilli. À l'époque, notre quartier, nos rues où nous habitons, Rembrandt et moi, n'étaient que de simples traits sur des plans, l'église protestante, Westerkerk, n'était qu'à l'état de projet sur la table de l'architecte Hendrick de Keyser.

Les semaines prévues pour ce séjour se sont transformées en mois, en tourbillon de retrouvailles avec plusieurs amis et de rencontres nouvelles. Je tenais surtout à discuter avec Jan Althusius, professeur et juriste, séduit par son idée d'« établir la confédération des hommes libres pour défendre leur singularité dans un esprit de liberté ». Je repense souvent à sa formulation du principe de fédéralisme : défendre en commun le droit d'être divers. Malheureusement, il est mort dix ans avant la signature de la paix signée en Westphalie. Cette idée aurait pu, devait être la solution pour la Bohême et la Moravie, pour l'Europe entière. Courir l'Europe pour une idée, voilà ce qu'est la jeunesse. Pourvu que je reste jeune encore quelque temps !

Jeune, oui, pour sentir cette même joie comme lors de la rencontre inespérée avec ce couple magnifique, Frédéric V, prince Palatin, et Élisabeth Stuart, eux aussi très jeunes, tout juste mariés en Angleterre. On ne parlait que de cela et de la pièce de théâtre d'un certain Shakespeare, *La Tempête*. La tempête était surtout dans ma tête, dans mon cœur d'étudiant, la reine était splendide. Avec le protecteur de mes jeunes années, Charles de Žerotín, excellent ami de Jacques I, le père d'Élisabeth, et bon ambassadeur de la cause tchèque et morave auprès des grandes cours, nous nous promettions de tout faire pour que Frédéric Palatin accède au trône de Bohème. Quand six ans plus tard, en août 1619, ce fut le cas, c'était comme si ma propre vie prenait du sens.

Frédéric, pas très valeureux, n'est resté sur le trône officiellement qu'à peine deux ans et réellement qu'un hiver, ce qui lui a valu le titre de Roi d'hiver. La fin de son très court règne sonnait le début d'une période ténébreuse. En novembre 1620, ce fut la bataille de la montagne Blanche entre les catholiques et les protestants, à côté de Prague. Personne ne pouvait savoir qu'on se tenait tous aux bords des couloirs lugubres d'un immense labyrinthe. On dit qu'à cause d'un bon petit repas avec les ambassadeurs anglais, Frédéric n'est venu sur le champ de bataille que bien après que celle-ci a été terminée, pour constater le désastre et partir en courant. Un désastre. Alors que les Tchèques ne demandaient rien de plus que le respect de la Lettre de majesté de Rodolphe II, garantissant la liberté de confession.

Moi, l'homme de lettres, je l'ai cru, comme le pays tout entier, j'ai cru en cette lettre qui porte nom de « majesté ». Comment accepter que la lettre écrite et signée de la main d'un monarque ne vaille rien, sauf des décennies de guerre ? C'est un autre Habsbourg, de la très conservatrice branche espagnole, qui l'a abolie. Une histoire de famille, somme toute. Broyé par les Habsbourg, mon pays fut détruit. Catholique de force, dépouillé de ses droits et anciens privilèges, la tolérance confessionnelle y fut proscrite, les protestants chassés, tués s'ils restaient, leurs biens confisqués… Nous avons perdu, tout perdu.

Il ne restait que deux Élisabeth, mère et fille, deux reines de Bohème. La mère est morte l'année dernière. Sa fille, une femme extraordinaire est une reine sans royaume. Oui, je préfère lier mes souvenirs de ma première visite à Amsterdam à ces belles reines qu'au roi couard.

Amsterdam a englouti toutes mes maigres économies d'étudiant, heureusement Charles de Žerotín m'a donné de quoi rentrer en Moravie. J'ai dépensé tout l'argent pour acheter le livre de Copernic. Pour une idée, j'ai couru l'Europe d'un bout à l'autre, pour un livre, je l'ai traversée à pied dans le sens inverse. J'ai lu Copernic plusieurs fois, et je ne suis toujours pas d'accord avec lui sur plusieurs points. Son livre a brûlé avec toute ma bibliothèque, eh bien, je l'ai racheté.

Ce ne sont pas mes voyages mais l'exil qui m'a fait découvrir la notion de patrie, en même temps qu'une formidable appartenance à la grande communauté des hommes. Au début du siècle, l'avenir du continent se projetait devant mes yeux, je ne l'ai compris que beaucoup plus tard. Ai-je vraiment compris quelque chose ? Et quoi donc ?

Ulysse, toi, tu naviguais dans le dédale des îles et des dieux multiples, alors que moi, je sillonnais un continent déchiré et ravagé par la guerre faite au nom d'un seul Dieu. Tu rejoignis ton rivage. Moi, comme le peuple hébreux, je traverse le désert. Et ce désert s'appelle Pologne, Allemagne, Hollande, Angleterre, Suède, Transylvanie… Et voici, de nouveau, Amsterdam. Cette ville ouverte vers le large est mon port d'attache, mais pas mon Ithaque. Je ne rentrerai pas en vainqueur, de cela j'ai désormais la certitude.

L'âme meurtrie, mais jamais perdue, je connais la direction de mon pays. Accusé de prier « de mauvaise manière », pour un exilé comme moi, la seule issue possible, le chemin pour se sortir du labyrinthe du monde n'est que le cœur. Le cœur, le havre de paix qui accueille le voyageur fatigué.

Le peintre me jauge de ses yeux et me compare au résultat de son travail. Mesure-t-il la différence entre ce qu'il voit, ce qu'il a voulu faire et ce qui est ? Depuis combien de temps ? Je suppose que son Homère ne serait pas mieux exécuté si je lui disais tout cela. Son art est ailleurs.

À l'instant, je vois le dessein de celui qui me dessine. Il veut le calme, être dans et à son ouvrage. Pour que j'oublie le reste du monde, il m'a donné un os à ronger. Moi-même.

Cet homme est un vampire, j'aurais dû le savoir, sa renommée le précède, même si sa peinture n'est plus à la mode. Cela aussi, on me l'a dit. Le tableau d'Homère doit être une commande d'un bienfaiteur, ou d'un créancier. Croit-il que mon temps ne vaille rien ?

C'est bien douloureux pour un homme de lettres, à la fin de sa vie, de se trouver n'être qu'une page blanche puisque ce n'est que mon visage, mon apparence qui l'intéresse. À moins que ce ne soit une libération ?

Je montre le dessin sur la table :

« Mais il ne me ressemble pas.

— Et alors ? Tu n'es pas Homère. Tu crois que mes autres tableaux sont fidèles à leur modèle ? Que les portraits de Marguerite de Geer ou de la mère de Jan Six sont ressemblants ?

— N'est-ce pas l'essence du portrait ?

— L'important n'est pas tant la ressemblance mais la reconnaissance. Que le sujet se reconnaisse et que tout le monde acquiesce. C'est cela l'art. Pour tout te dire, tu es une évocation du poète, mon œil t'a choisi. Sais-tu à qui ressemblent tous mes portraits ? »

« … À moi ! »

Un portrait est inépuisable. Bien placé pour le savoir, je suis mon premier sujet, ma première source. À me comprendre, à me servir de moi-même, à explorer les méandres de mon visage, je peux m'immerger plus profondément dans mes autres objets d'étude, puiser dans tout autre homme face à moi pour rejoindre le poète lointain. Peindre, c'est faire acte de regarder. Et aussi d'écouter. Si les hommes ordinaires savaient qu'ils ont quelque chose en commun avec Homère, le poète, seraient-ils meilleurs ? Si chacun se doutait qu'il porte une part du divin en lui, serait-il plus heureux ?

Les yeux du peintre sont le miroir du monde. Les gens que je peins me font confiance. Beaucoup d'entre eux n'ont jamais vu leur visage dans un miroir digne de ce nom. Mes yeux disent leur vérité. Je les rends uniques, existants.

Lui, le lettré, le savant, malgré son humilité et son détachement, goûte l'intérêt qu'on lui accorde. Il a beau jouer les quidams… En cela tous les hommes se ressemblent. Cette envie, ce besoin d'être remarqué… C'est une constante. Cela m'assure mes revenus.

La parenté physique de Comenius avec Homère est si évidente qu'elle en devient banale. Mon hôte se tait, le front plissé. L'ai-je blessé en me moquant de sa célébrité ?

Peu importe, cette expression sur le visage, je m'en réjouis, ma main travaille vite et bien. Le voici, enfin, le véritable poète, celui qui cherche le mot juste.

À m'exercer sur mes propres portraits tout au long de ma vie, j'ai pu examiner sur mon visage cette singulière tension, quand on sent, à portée de son geste, ce qui s'accorde parfaitement à la situation, et que ce moment n'est pas encore arrivé. En cet instant crucial, la peur me saisit, je crains que cet évènement n'advienne jamais, que je perde le geste indispensable, l'idée juste. Ce n'est pas un manque de confiance en soi ou une lacune. Il s'agit d'autre chose, d'une sorte de révélation profonde, mais fugace.

Comenius se redresse, le doigt levé, image parfaite d'un prédicateur ou d'un professeur. Et dit lentement :

« Le moulin de mon père est mon berceau, mon point de départ. La cadence de la grande roue du moulin familial ponctue mes pas, peu importe dans quelle contrée je me trouve. »

La tension de la grande ride de son front s'est effacée.

Moi, Rembrandt, je ne m'arrête que rarement au milieu de mon travail contre mon gré. Sans ménagement, je chasse les enfants et les femmes de mon atelier, tant que je n'ai pas décidé de la fin de la séance. Les clients doivent patienter jusqu'à ce que je finisse le geste en cours ou la peinture sur mon pinceau, les pigments coûtent assez cher pour le justifier. Les créanciers ne passent jamais le seuil de mon sanctuaire, et les modèles s'adaptent à ma volonté. Dans l'atelier, c'est moi le métronome. Comenius a fait vaciller ma maîtrise du temps en quelques mots. Le sait-il ?

Aucun étranger ni aucun proche ne m'a amené jusqu'à la maison de mon enfance. À mes propres enfants, cette maison, je ne l'ai pas présentée.

« Alors nous sommes tous les deux fils de meunier. Le moulin de mon père était bâti sur le Rhin, à Leyde. D'où mon nom, Van Rijn.

— De mon vallon natal, le vif ruisseau de mon moulin partait vers le sud, se mêlait à des rivières pour finir dans la Morava puis le Danube.

— Mon moulin était au bord du Rhin, mais vivant grâce au vent. Une force invisible et pourtant bien présente. En cela il ressemble à la lumière. On pense voir la lumière, mais on ne voit que ses effets. À ce propos, je dois ajuster les toiles, la lumière a changé. »

Il ne s'agit pas que de la lumière. C'est surtout la qualité de l'ombre sur le visage de mon hôte où elle dessine de nouvelles cartes, prononce des creux et des saillies, ses yeux s'enfoncent dans son crâne, ses lèvres disparaissent dans sa barbe. Autant il est facile de briller dans la lumière, autant il est difficile d'exister dans l'ombre. L'ombre de mon atelier, ma grande associée, berce le visiteur, le calme, l'invite à retourner en lui.

Il est rare qu'un homme arrivé à un certain rang dans le monde avoue sa modeste naissance, sans qu'on y voie une vantardise pernicieuse. Comenius poursuit :

« Mon moulin, celui de mon père, fonctionnait grâce à l'eau qui court, qui emporte, qui ne s'arrête jamais, qui sépare le sol en deux berges, s'infiltre dans les profondeurs de la terre. Le bonheur se niche parfois dans l'ignorance de la source, du confluent ou de l'estuaire où finira le cours d'eau auprès duquel on a grandi. On peut le trouver à n'être qu'un simple point fixe dans un lieu de passage.

— Mais tu es parti.

— Oui, pour Amsterdam en 1613, je viens d'y penser.

— Et moi, accroché aux jupons de ma mère, je n'avais que sept ans.

— Un âge heureux.

— Moi, j'ai été heureux à Amsterdam quand j'ai pris la décision de m'y installer définitivement. C'était en 1631, on inaugurait notre Westerkerk et les commandes affluaient. Hendrick Van Uylenbourg, le marchand d'art renommé, m'a offert l'espace pour travailler dans ses ateliers, ainsi que le logement. Offert ? Non. Ne crois pas que c'était gratuit. L'argent de mes tableaux, avant de me parvenir, passait entre ses mains. Mais, comme j'ai épousé sa nièce, Saskia… »

Ah ! je me laisse entraîner par lui dans le tourbillon de mes souvenirs. Nous ne sommes pas là pour parler de moi. Je coupe court.

Les ombres se prononcent plus fortement sur le visage de Comenius, il me semble qu'il se décharne. La lumière du jour baisse, mais pas aussi vite que ne se creusent ses joues. Il se consume de l'intérieur, son passé, sans doute, est toujours ardent. J'essaie de le ramener dans mon atelier avant qu'il ne m'échappe complètement.

« Notre sort se joue à tout instant, non ? Dans mes tableaux on peut lire le passé, le présent et, pour les plus avisés, l'avenir. Même celui de l'Europe, si tu veux. S'ils sont accrochés dans un palais napolitain, ils ont à dire aux Napolitains. Exposés dans une maison bourgeoise d'Amsterdam, ils racontent une histoire tout à fait différente.

— Exactement. Nous ne pouvons pas penser isolément, à part. Nous sommes liés.

— Homère en est la preuve. Il a toujours des choses à nous dire puisqu'il parle de l'essentiel, de l'homme. C'est un bon sujet pour moi.

— Homère est flatteur pour les puissants ! » s'exclame Comenius.

Je défends le poète :

« Seulement pour les puissants aveuglés par leur puissance ! »

Comenius ne repousse pas ma réplique, mais réfléchit, tête baissée, je ne vois plus ses yeux, aucun détail, rien que les contours de son visage.

« Ulysse sillonna le monde connu de son temps sans avoir la moindre notion de l'Europe. Pour lui, Europe, c'est une belle jeune fille venue de l'Asie sur un taureau blanc, Zeus lui-même. En accomplissant son retour mythique, Ulysse pose la première pierre de l'Europe. Tu as raison, Rembrandt, nous prenons racine dans les mythes que nous connaissons tous. J'ai compris, lors de mes voyages, qu'Europe est réelle. Europe n'est pas un mythe, dans sa diversité elle existe.

— Ma foi, tout bon évêque que tu sois, tu es un vrai hérétique ! »

On m'a déjà traité d'hérétique, y compris mes pairs du synode de notre Église. Pour la publication de mes textes pédagogiques, il me fallait leur accord, mais ils jugèrent que Dieu n'y était pas assez cité. J'avoue, pour leur plaire, j'ai convié Dieu dans cette œuvre, sans pour autant rien enlever de matière pour l'enseignant. J'ai bien compris qu'il fallait éclairer tous les hommes pour ne pas dorénavant confondre Dieu et le maître d'école. Mais cela, je ne l'ai pas écrit tout de suite.

Oui, on m'a déjà traité d'hérétique et sur tous les tons, par écrit aussi, mais jamais avec autant de gaieté dans la voix et de brillant dans les yeux. Pour la première fois, j'y entends quelque chose d'agréable, de complice.

« Permets-moi, Rembrandt, et tes voyages ?

— Je ne voyage pas. Mes tableaux le font, ils conquièrent le monde entier. Et le monde se presse à Amsterdam. Ainsi, sans bouger, ai-je toujours tout vu de ce que j'avais besoin de voir. Des récits m'ont été contés. J'étudie ce que les voyages des autres m'apportent. J'examine ce qui me vient de l'extérieur. Tout cela nourrit mon imagination. Les copies et les gravures des peintres d'ici ou d'ailleurs, je les échange contre les miennes. Les cartes du monde et les nouvelles découvertes, je les connais. Les nouveautés culinaires, les épices, les fleurs et les animaux exotiques, les objets de toutes fantaisies, curieux, effrayants ou exquis, tout cela passait par ma maison, soit dans leur état naturel ou bien sous forme de gravure, dessin ou tableau. Je prends, j'en fais mon affaire, je copie, j'ausculte, j'autopsie, je comprends. »

Il faut que j'étire mon dos, le peu qu'il me soit possible, quelques pas autour de l'atelier me feront du bien. Rembrandt, maintenant devant sa toile, tourne son regard plutôt vers son dessin que vers moi, que je bouge ne le gênera pas. Dans un grincement du siège sur le sol, je me lève. Rembrandt a sursauté, comme s'il s'apercevait brusquement de ma présence.

Le pilon en pierre dure et usée règne sur la table consacrée au broyage des minerais et à la préparation des pigments, j'ai le plaisir de le voir, à sa place, chez l'homme qui sait en user. Des plumes de différentes tailles constellent l'autre bout de l'étroit et long établi. Elles sont de belle qualité, le point d'équilibre est ajusté comme il faut, les pointes taillées avec le fin couteau posé à côté. Il est si agréable de caresser une plume neuve.

« Plumes polonaises ? Ou de Lituanie ? C'est de là que viennent les meilleures plumes. Ma fille Alžběta m'en envoie régulièrement de Nassenhuben.

— Je les prends chez mon marchand.

— J'en apporterai la prochaine fois. Les oiseaux volent grâce à elles, aux hommes elles permettent d'écrire.

— Et de dessiner », complète le peintre.

Je ne résiste pas, je contourne le chevalet pour aller voir le travail accompli lors de cette séance si éprouvante pour moi. Il ne s'y oppose pas. Je suis un peu interdit devant ce que je vois.

Homère, tel qu'il commence à se former sur la toile est un amas de touches vigoureuses, à première vue dépourvu de sens et d'ordre. Cependant, le visage du poète est présent, vivant. La profondeur du noir de ses yeux vides nous emporte, et nous ressentons presque le rythme de ses paroles.

« Je vais te dire, Rembrandt, à quoi me fait penser ton Homère aveugle. J'entends le poème tragique hurlé par les trous des yeux vides des martyrs d'autres guerres. Les guerres bel et bien réelles qui néanmoins donnent naissance aux mythes et légendes au pouvoir libérateur. Comme cette légende qui dès lors circule à Prague et qui va inévitablement gagner en force avec le temps.

« En juin 1621, à Prague, l'empereur fit exécuter vingt-sept seigneurs, nobles et savants protestants sur la place de la Vieille-Ville. Les têtes de douze de ces seigneurs ont été placées sur des piques sur la tour du Pont de pierre. La moitié des têtes regardaient vers le château par-dessus le pont sur le Petit-Côté, l'autre vers le collège des Jésuites dans la vieille ville. L'année suivant l'exécution de nos seigneurs, les Jésuites, comme pour garder la main sur le savoir, le confiner entre leurs murs, ont transféré la bibliothèque de l'université dans leur collège.

« Chaque personne traversant la rivière dans un sens comme dans l'autre pouvait voir les cadavres, et se savait observée par les trous noirs des décapités. Des morceaux de chair tombaient régulièrement sur les passants jusqu'à ce que les oiseaux, le vent, la pluie et le soleil finissent par blanchir les crânes. Au bout de combien de temps cesse-t-on de voir une horreur pareille ?

« Dix ans plus tard, les protestants de la Saxe ont repris pour quelques mois leurs positions à Prague. La descente des têtes était la première chose à faire. Elles n'étaient plus que onze à ce moment-là, la famille du juge Šlik ayant obtenu l'autorisation d'enterrer la sienne quelque temps plus tôt. On trouva parmi ceux revenant au pays, quelqu'un qui se rappelait l'ordre du placement des têtes, pour attribuer à chaque crâne le bon nom. Après la messe à l'église de Tyn sur la place de la Vieille-Ville, on a caché le cercueil avec les têtes de manière que personne ne les retrouve jamais. Ainsi, les catholiques ayant repris Prague n'avaient plus de prise sur eux. Et chaque Tchèque, qu'il soit catholique sincère ou protestant converti, lorsqu'il se recueille devant la madone, peut imaginer que sous la dalle de son église reposent les têtes des réformés. Voici pourquoi, il nous faut éduquer les nouvelles têtes. Nous ne pouvons pas rester un pays décapité. »

Le peintre, malheureusement, ne m'écoute pas. Je continue pourtant :

« Pour Ulysse, le glorieux guerrier, la bataille est un terreau fertile. Le héros antique est célébré mort ou vivant parce qu'il a brandi son arme comme il se doit, parce qu'il n'a pas fléchi devant l'ennemi, parce qu'il l'a affronté avec courage, vigueur et constance. Il brave la mort, courtise la guerre. Moi, je la défie autrement. Pour mener mes batailles, je plume des oies, j'use du papier des heures et des jours dans la solitude, ne me reposant que pendant mes prières. J'espère trouver l'argument, le raisonnement. Toi, le peintre, tu as raison, j'aurais aimé être poète et inventer des guerres assez terrifiantes afin d'effrayer les humains et, par cet exemple, les dissuader d'en entreprendre de réelles. Regarde Homère, le plus grand, le plus éloquent et imaginatif des poètes, parvient-il à dompter la violence des hommes ? Au contraire. Ses guerriers sont vénérés comme des héros qu'on admire et glorifie. Leurs statues sont coiffées de lauriers, l'immortalité leur est promise. Quel homme pourrait résister à cela ? Aucune souffrance ne l'arrête. Ah, si. Achille, accablé par la mort de son ami Patrocle et aveuglé par la vengeance… il déshonore la dépouille d'Hector… il se repent de cette soif de triomphe militaire. Oui, Achille prononce les mots qui auraient pu arrêter les hommes dans cette folle course à la gloire. Le poème qui inciterait l'homme à la conciliation n'est pas encore écrit. Faut-il faire appel à la raison ou aux sentiments ? Tout homme sensé s'abandonnerait à Dieu, se laisserait guider par la prière. Lier, relier, tresser ses forces, ses pensées, ses passions, son énergie par le ciment de la morale et de la foi, c'est être plus fort, se tenir plus droit. Résister à la tentation de dominer, à la gloire promise, c'est à mon sens l'héroïsme de nos jours. M'entends-tu, toi, le peintre, qui fabriques de l'illusion avec tes couleurs ? Après tout, il se peut que le peintre ait plus de force avec son pinceau que moi avec ma plume. En tout cas, je consacre tous mes efforts à chercher ce qui est le bien commun de tous. Moi, je veux la paix. »

Là, je capte son attention :

« Que de mots ! Je ne pense pas, mon ami, je regarde, c'est tout. Serais-tu l'un de ces doux rêveurs ?

— Tant que je rêve, je suis. Mes rêves, je leur donne du corps, je m'y emploie. Contre cette guerre sans cesse recommencée ou jamais éteinte.

— Voilà bien l'un de ces fous qui nous promettent à la fois la fin du monde et sa libération de tous les maux ! Le poète reçoit la parole divine et nous la restitue. Pour le poète, être aveugle, quelle importance ? Il n'a pas besoin de voir, mais de sentir et vibrer. Quel que soit son public, il n'en a que faire. Il s'adresse à tous, il est humble, au service de la poésie. Puis aujourd'hui, je n'ai pas le goût à batailler avec qui que ce soit. »

Je me souviens du portrait de Marguerite à côté de celui de son époux. Son regard était plein. Fort. La bouche serrée, les traits précis.

« Marguerite de Geer, maîtrise son monde, elle ?

— Marguerite de Geer maîtrise son monde, dit le peintre. Tout est dans le regard ! Longtemps après sa mort, elle regardera le monde avec une perspicacité que la plupart n'atteindront jamais. On se souviendra d'elle. Grâce à moi, en grande partie. Les yeux vides, les trous noirs rendent compte du monde bien plus et mieux que tous les regards pleins. Comme tes têtes plantées sur les piquets, ou bien comme le poète qui n'a pas besoin des yeux pour conter le monde. Eh bien quelle surprise, je viens de m'entendre dire, moi, peintre, qu'on n'a pas besoin de regard pour comprendre le monde ! »

Il frotte son pinceau sur un chiffon imbibé d'une substance à l'odeur forte. J'attaque autrement :

« Pourquoi es-tu allé à Westerkerk il y a quelques jours ? »

Il cesse de frotter.

J'insiste :

« Pourquoi aller à Westerkerk ?

— Hendrickje est souffrante.

— Père !

— Père ? »

Deux jeunes voix retentissent dans la maison, des pas rapides et souples approchent dans l'escalier en bois qui grince. La porte de l'atelier s'ouvre, deux jeunes filles y rentrent précipitamment. L'une a une vingtaine d'années, l'autre est une enfant d'à peine dix ans. L'air frais s'engouffre dans la pièce, les toiles battent au-dessus des fenêtres, quelques feuilles s'envolent, les petits rires résonnent.

« Cornelia, ma fille, combien de fois faut-il te répéter qu'il est interdit de venir dans mon atelier sans permission pendant que je travaille ?

— Il fait trop sombre, vous ne travaillez pas. Et puis, c'est elle. Elle dit chercher son père.

— Vois-tu, Rembrandt, j'ai oublié le temps, la lumière du souvenir a remplacé celle du jour. Je te présente ma fille, Suzana.

— Hum, à demain. Nous n'en avons pas fini avec Homère. »

DU MOT ET DE L'IMAGE

1664

Cornelia m'accueille sans joie dans les yeux, à la porte d'entrée de la maison rue Rozengracht, ses traits sont tirés.

« Aujourd'hui, père est grincheux.

— Je suis bien content de te voir, Cornelia.

— Père est plus grincheux que d'habitude, tu es prévenu, Comenius. Suzana n'est pas venue ? Elle, au moins, je la vois plus souvent que toi.

— Suzana vient de partir, elle va rejoindre sa sœur Alžběta et sa famille à…

— C'est loin ? Quand revient-elle ? Elle ne m'a rien dit !

— Elle va t'écrire.

— Vraiment ? Que fait-elle là-bas ? Amsterdam ne lui plaît plus ? Elle m'aura oubliée.

— Si Rembrandt a une carte, je te montre où se trouve Nassenhuben et tu verras la distance qui nous en sépare. Suzana va t'écrire. »

Avec son corps menu de fillette de onze ans, elle barre la porte d'entrée. Elle veut me retenir sur le seuil pour discuter un peu.

« Il est vraiment fâché, il l'est aujourd'hui comme il l'était hier et le sera demain. Il est tout le temps fâché. Et il sera fâché contre toi aussi. Tu es revenu si peu de fois. Il n'a pas pu achever le portrait d'Homère. Il a été contrarié, alors, à l'occasion d'une visite de son médecin pour son rhume de poitrine, il lui a demandé de poser. Il a refusé. Il a fini par faire venir l'un de ces vieux Juifs du quartier qu'au-delà d'une somme convenue il a fallu nourrir pendant trois après-midi.

— Chère Cornelia, s'il ne veut pas faire mon portrait, c'est qu'il n'a pas vraiment besoin de moi.

— Tu voulais être payé ou nourri ? Comme ses modèles pris dans la rue ?

— Non, bien sûr que non. Ses séances me prennent trop de temps.

— Alors, pourquoi es-tu venu aujourd'hui ? Pour lui prendre le sien ? Il allait te proposer de le faire, ton portrait. Il ne le pouvait pas avant. Tu n'es plus venu, c'est comme un affront. Tu vas le mettre de nouveau en colère. »

Cornelia, tout comme Rembrandt, a la langue bien pendue. Sa franchise l'emporte sur la crainte des humeurs paternelles. Bel âge, celui de la pensée et de la parole libre.

« Tu sais, il a déjà renvoyé aujourd'hui notre voisin, son ami boucher, qui venait apporter de la viande. Et, de bon matin, il a congédié tous ses apprentis jusqu'à nouvel ordre.

— Il avait sans doute peur que le boucher lui demande d'être payé pour ses livraisons précédentes. »

Elle me lance un œil noir.

« Il m'a dit que tu étais bienveillant, gentil. »

Je ne souhaite pas la blesser, au contraire. À voir son visage juvénile voilé de tristesse, j'aimerais lui faire plaisir, la voir sourire. Mais, je suis un piètre amuseur.

« Je connais ton père mieux que tu ne le penses, Cornelia. Je n'ai rien à lui vendre. Je ne viens pas comme modèle, je ne suis pas son sujet. Et, bien que j'habite près de votre maison, je ne viens guère, si bien que je ne suis pas un vrai voisin. Je ne suis pas son apprenti non plus et encore moins son ami. Il respecte mon âge, ma tête lui revient : ce sont exactement ses mots. Ma chère Cornelia, qui de vous deux est aujourd'hui contrarié ? Lui ou toi ?

— Comme tu veux », dit-elle.

Cornelia se découpe dans le cadre de la porte ouverte. La lumière de la rue est laiteuse, dans la maison l'ombre est dense, la jeune fille est comme une composition, mariant harmonieusement les deux. Elle est restée immobile, le dos appuyé, les yeux fermés. Si mes propres yeux ne me trahissaient pas, je pense que j'aurais pu entrevoir de petites larmes emprisonnées dans ses cils. Ce n'est pas la crainte de son père, c'est la solitude d'une enfant. Celle d'une orpheline, si les rumeurs de Westerkerk s'avèrent justes. Je connais ce sentiment dont on ne se défait jamais. Frappé en pleine poitrine par son accablement, les mots me manquent, tout homme de lettres que je sois. Cette impossibilité de consoler et d'être consolé, j'en sais quelque chose. Le silence règne dans la maison, un silence menaçant, indéfinissable, mais bien présent.

L'orgueil et la pudeur inscrits sur le front de la jeune fille, héritage de son père, malgré sa jeunesse, sont désormais indélébiles.

Elle se tient comme se tenait son père ce jour-là, lorsque je l'ai vu pour la première fois, devant sa maison rue Breestraat. Notre première rencontre a été scellée par ce geste de confiance, tel un pacte secret, ce geste qui nous unit, lorsque j'ai marqué de son pilon la paume de sa main. Je n'attendais de lui ni remerciements ni amitié. Je lui faisais savoir que j'entendais son désarroi. Et qu'il fallait continuer. La marque du pilon n'était rien de plus mais aussi rien de moins que cela.

Il se tenait devant sa maison comme moi j'aurais aimé le faire devant la mienne à Leszno, quelques mois avant lui. J'ai repensé à toutes les maisons qui avaient été un moment les miennes. Celle dont j'ai été chassé, celles qui ont brûlé, celles qui n'ont pas eu le temps de devenir miennes et qui pourtant ont vu naître mes enfants.

Sans rien savoir de lui, ni de ses mérites, ni de ses torts, j'ai tout de suite pensé que cet homme courait à sa perte. Je le voyais se tenir si fièrement que toute idée de lui parler de mes soucis était saugrenue. Ni à ce moment-là ni plus tard en découvrant ses déconvenues et son caractère. L'année de sa faillite, mes propres pensées étaient bien noires, mon cœur était en cendres et quelques brûlures sur les bras guérissaient doucement. Ma dernière maison, celle de Leszno, avait été dévorée par le feu, hélas nourri de mes écrits et de ma bibliothèque. Dans les hautes flammes s'était confondu tout ce que je possédais, tout ce que j'étais.

Le premier brasier était un autodafé public, à Fulnek en Moravie. Les reîtres catholiques nettoyaient la ville de ses protestants. J'étais tout jeune pasteur et professeur au lycée. Ce second brasier, c'était là où je me pensais enfin chez moi. J'avais voulu, oui, j'avais voulu retourner dans ma maison de Leszno, finir ma vie là où avait commencé mon exil, y rejoindre mes livres, passer les portes de l'enfer et me soumettre enfin. Terrassé, oui, je l'étais, je l'avoue.

On m'a extirpé de justesse, attrapé sur le seuil de ma maison par les manches de mon manteau, celui qui ne me quitte jamais. Ce n'était pas la main de Dieu, mais celles de ma femme, de mes filles, de mon fils. C'était peut-être le dessein de Dieu, mais les cris sortaient bel et bien de la bouche des miens. Je me suis relevé, l'esprit affligé et sans réelle volonté de continuer à vivre. Quarante ans de travail montaient vers le ciel dans un nuage épais. Il nous a alors été proposé de revenir à Amsterdam. Deux mois plus tard, Jana, ma troisième femme, m'offrait de nouvelles plumes. De belles plumes, bien taillées. Où a-t-elle trouvé l'argent, je n'en sais rien. Elle s'est dite convaincue que je renaîtrais de mes lettres.

Mais Amsterdam n'était plus la ville de ma jeunesse, de mes premiers enthousiasmes, et je peinais à conserver quelques espoirs, mon regard se portait de plus en plus vers le sol. Même le mois d'août n'arrivait pas à réchauffer mes vieux os ; le matin, mes articulations tardaient à m'obéir. Je refaisais le tour de ce quartier. Je l'avais connu en pleine construction lors de mon premier séjour. Je n'ai pas fait particulièrement attention au brouhaha de la rue, quand ce coffre rempli de la vie d'un homme s'est déversé devant moi. Et je l'ai vu, lui, l'homme, magnifique, la posture guerrière que pour une fois j'ai enviée. Et, aussi étrange que cela puisse paraître, mais il est permis d'admirer l'étrangeté, surtout à mon âge, les murs de sa maison fraîchement chaulés de blanc dans sa furie, ont allumé en moi un nouveau feu. Rembrandt a fait couler un nouveau sang dans mes veines. Dans sa maison vide et blanche, j'ai compris que ma renaissance était décidément possible. Deux mois plus tard, je reprenais ma correspondance.

Il me fallait écrire à mes amis, à tous les savants, et à d'autres connaissances et correspondants, pour qu'ils m'envoient copie de mes lettres antérieures. J'y retrouverais mes idées, j'y reconstituerais, préciserais, compléterais mes pensées. Recommencer. Toujours.

Comment ne pas remercier Dieu et reconnaître le brillant génie des hommes d'avoir inventé et constamment amélioré l'imprimerie ? Comment ne pas remercier la ville d'Amsterdam qui a proposé de rééditer tous mes écrits ?

Cornelia a vieilli de plusieurs années en quelques mois. Dans l'embrasure de la porte d'entrée, elle me regarde, presque jalouse, mais immobile. Je vais monter voir son père.

Aujourd'hui encore plus qu'avant, il est seul devant sa toile. À Westerkerk, on m'a parlé de la mort récente de Hendrickje. Titus, son fils, va devoir tenir la maison, les affaires, gérer les apprentis et la vente des objets d'art et des tableaux de son père.

Cornelia s'écarte et me laisse passer.

Je rentre dans l'atelier sans frapper.

« Comenius, mon Homère ! s'écrie le peintre comme s'il m'attendait. Toi, ici, enfin ! »

Enchanté par tant d'enthousiasme inattendu, je montre le siège, il le pousse vers moi d'un geste bref mais courtois. Mi-lumière, mi-ombre. Ici, elles sont douces, aérées. Une fois confortablement assis, j'aborde l'objet de ma visite.

« Je t'apporte un livre.

— J'en ai déjà un, et il me suffit. Quoiqu'il ne console pas. La Bible. »

Je souris malgré moi.

« Et Homère ? »

Je montre la toile posée sur le chevalet, derrière laquelle il se cache.

« Ce n'est pas lui. Lui, il est bien arrivé à Naples.

— Chez tes amis italiens ?

— Ruffo est satisfait. Mais, vu qu'il n'a pas envoyé la totalité de la somme convenue, je présume que, dans sa prochaine lettre, il va réclamer la réduction du prix à cause du délai de livraison. Il n'acceptera pas facilement l'excuse du temps perdu en raison d'une mer forte. Une habitude, en somme. Un beau travail. Très réussi. Dommage que tu n'aies pas pu le voir avant son départ.

— Je le regrette aussi. Mais ce n'était pas l'objet de mon propos.

— Évidemment. Sans posséder de livre, d'après toi, on ne peut pas connaître les textes ! Dans cette ville, des milliers de personnes possèdent des livres, rangés dans leurs bibliothèques en bois travaillé, et même avec des vitres que leurs servantes dépoussièrent tous les jours. Cependant, crois-moi, jamais ils n'en ont ouvert un seul. Pire encore ! Si leurs murs sont tapissés d'innombrables tableaux, ils ne savent rien de ce qui y est représenté. Ils ne les regardent pas. Parfois, ils les montrent avec cet immonde contentement de soi, comme le paon de son plumage. Même mon boucher se targue de posséder je ne sais combien de tableaux. C'est dire ! Moi, mon seul livre, je l'ai lu. Je le connais et c'est moi qu'on va traiter de mécréant, d'hérétique, d'ignorant, de rustre et de je ne sais quoi. Alors ton livre, en quoi peut-il m'intéresser ?

— *Orbis sensualium pictus*, voilà son titre : « Le monde en images ». Pour satisfaire ou éveiller ta curiosité.

— Tu viens pour me distraire ? »

Rembrandt grimace et grogne en même temps.

« Même accablé, l'homme curieux est un homme vivant. »

Rembrandt retrouve sa verve.

« Le monde en images. Il faut un esprit colossal pour une telle entreprise.

— Il faut un esprit ordonné. Il faut être capable d'organiser le monde depuis ses éléments les plus simples, mais fondamentaux, pour ensuite permettre sa construction et son développement. Du simple vers le compliqué. »

Le peintre est quelque peu sarcastique :

« Alors, ça a l'air facile.

— C'est un livre pour enfants.

— Tu m'offres un livre pour enfants ? Ça n'existe pas, le livre pour enfants.

— Maintenant, si. Il le faut.

— Tu veux offrir un tel livre aux enfants ? Tu en connais le prix ?

— Je le connais on ne peut mieux.

— Tu penses donc que les enfants peuvent comprendre le monde grâce à un livre ? Même pour un homme accompli la tâche est difficile !

— Parce qu'il l'apprend mal. Les enfants en sont tout à fait capables, eux, crois-moi. »

La barbe de Rembrandt tremblote, son ventre aussi, de plus en plus fort, puis il finit par rire. Son rire est du baume pour mon âme, comme une porte ouverte au seuil du cœur, ce rire-là, en tout cas, oui. Malgré le plaisir à le voir rire si franchement, je ne l'imite pas.

« Laisse-moi te présenter mon livre. Je veux depuis longtemps rédiger une encyclopédie. À toute époque, les hommes ont fait des efforts pour réunir et ordonner les savoirs sur le monde, les étoiles, les divinités. Et pour cause. Il est très séduisant, très utile et bénéfique pour tous de rassembler le monde dans un livre. Il s'agit d'apprendre le monde, pas seulement de le rassembler en une somme inerte de savoirs.

— Je ne suis pas un enfant, monsieur le professeur ! » s'exclame-t-il, tout en riant.

Ce livre, tout comme mon idée du savoir et de l'école pour tous les enfants dès le plus jeune âge, se heurte le plus souvent à l'incompréhension et au mépris. Certains en ont même horreur. C'est bien la preuve que le savoir est un pouvoir et qu'on n'aime pas partager le pouvoir. Pourtant, nous ne sommes jamais aussi savants et puissants que dans le partage du savoir. Nous ne sommes jamais aussi humains qu'en enseignant à un enfant la sagesse du monde.

Je tourne les pages calmement. Il me prend le livre des mains, l'examine attentivement, ses yeux brillent et ses grosses mains caressent le cuir. Il le soupèse, l'ouvre, contrôle la qualité de la reliure, met son nez dedans ; hume les pages comme un chien qui a trouvé un os, les lisse, s'arrête sur l'une ou l'autre. Quelque chose l'intrigue. Il s'assoit, le livre sur les genoux. Les questions viennent d'elles-mêmes :

« Pourquoi associer le mot et l'image ?

— Les images contribuent à la bonne compréhension des choses. Il faut illustrer ce que notre esprit est incapable d'imaginer, puisque par définition, il ne comprend pas le mot qui les désigne. Il faut également les écrire en plusieurs langues. N'oublie pas, ce livre est d'abord destiné aux maîtres d'école et aux enfants. Les enfants sont notre avenir, notre salut.

« Voilà comment ça marche : si l'enfant ne connaît pas le mot, le maître l'explique, le traduit et surtout passe par la langue maternelle de l'enfant avec l'aide de l'image pour la compréhension. Sinon, comment veux-tu qu'il comprenne le mot ? Toi-même, tu ne peux dessiner ce que tu ignores. On ne pourra jamais prêter une forme à une chose sans en avoir une expérience préalable. De tels objets, dont on ne maîtrise ni le nom ni la forme, s'évanouiraient rapidement de la mémoire. J'ai acquis la conviction que la répétition est essentielle à l'apprentissage, c'est dans l'examen constant de nos savoirs que réside l'enrichissement perpétuel de ceux-ci. J'en suis persuadé, il existe des analogies entre tous les métiers, autrement dit, des constantes méthodiques dans tout apprentissage. »

Rembrandt ne m'écoute plus. Il s'est plongé dans le monde en images. Quant à moi, je veux observer comment cet ouvrage est perçu par son œil exercé à détailler un sujet.

Il feuillette encore, s'arrête çà et là, progresse chapitre par chapitre comme pour en finir vite, puis revient en arrière, regarde, lit, tourne le livre en tous sens, reprend au début, et le temps passe jusqu'à ce qu'un sourire s'esquisse à nouveau sur ses lèvres. Son rire s'amplifie.

« Père ! »

Cornelia qui devait se tenir l'oreille collée à la porte, rentre en trombe dans un état de grande stupeur.

« Que se passe-t-il ?

— Père, vous riez ? »

La jeune enfant s'approche de son père comme d'un monument ou d'un monstre, avec révérence et crainte.

« Qu'est-ce que tu racontes ? Que je ris ?

— Comenius, tu fais rire mon père. Tu es un magicien », s'exclame la fille en tapant dans ses mains.

Toute à sa joie, l'enfant sautant du coq à l'âne :

« Montre-moi où se trouve ce village dont je ne sais plus le nom ; montre-moi la Pologne.

— Pourquoi la Pologne ? demande Rembrandt.

— Suzana y est partie », dit Cornelia.

Rembrandt ne comprend pas. Il faut expliquer :

« Ma fille accompagne des frères de notre Église à Gdansk, où Peter Figulus l'attend. Outre sa charge de pasteur, il y est aussi enseignant. Mon dos m'interdit les grands voyages, alors je lui adresse copie de tous mes écrits. Il s'occupe des traductions, me donne son avis, quelquefois je l'écoute. Suzana y restera un certain temps pour aider sa sœur et s'occuper de ses enfants. Elles se réjouissent d'être ensemble. Dans le dernier courrier, Alžběta nous a annoncé que son quatrième enfant naîtrait l'année prochaine. Après ses trois premiers garçons, elle espère une fille. Nous verrons bien.

— Comment ! Tu envoies ta fille à l'autre bout de l'Europe en guerre ? Ce sont là tes propres paroles. Tu la mets en danger, quel père tu fais !

— Elle est en sécurité. Plusieurs frères de notre Église l'accompagnent. Les écrits et les livres sont transportés dans ses malles. Si des brigands les importunent, elle saura les amadouer. Les bandits ne prisent guère les livres en guise de butin. De colère, souvent ils les brûlent et je suis fatigué qu'on brûle sans cesse mes livres et les écrits nécessaires au travail de Peter Figulus. Suzana est une excellente diplomate, elle saura les convaincre d'épargner son bagage.

— Quelle confiance as-tu en ta fille et les hommes ! Pourtant, Suzanne et les brigands… Ce sera un pendant pour Suzanne et les vieillards.

— Je connais la Bible… »

Rembrandt s'empourpre. Il parle de Suzanne, poursuivie par des vieillards, accusée à tort par eux de mensonge devant les juges. Il parle comme on plaide, comme si Suzanne se tenait devant nous. Il est son meilleur avocat.

« Sa parole, tu comprends, elle n'avait que sa parole, sa candeur, sa pureté. Tout cela bafoué par ces vieux pervers. Et elle, pure, forte, elle a regardé droit dans les yeux les gens, ses accusateurs, ses juges et le public avide d'histoires salaces. Tu sais que Rubens l'a peinte les yeux levés au ciel ? C'est du non-sens, du pur non-sens. Ma Suzanne, elle regarde les hommes. Ce n'est pas auprès de Dieu qu'elle cherche le réconfort, c'est auprès des hommes qu'elle réclame l'aide, le soutien, la vérité. La justice. Son péché se trouve là, croire en l'homme et en sa bonté. Qui va s'occuper de ta fille, si toi, son père, tu n'es plus là ? Sur qui va-t-elle poser son regard limpide et innocent ? Qui va la croire ? Qui va veiller sur elle ? Je te parle de ta fille.

— Daniel, bien sûr.

— Daniel ! Le prophète Daniel ! s'écrie-t-il excédé. Le sauveur surgira, comme par miracle, pour protéger ta fille sur je ne sais quel chemin de Poméranie, de Pologne. Je ne sais où ! Ta foi est si démesurée qu'elle frôle la folie...

— Daniel, son frère. Mon fils. Il est aussi du voyage, dis-je, l'interrompant.

— Ah, ton fils.

— Ils connaissent la région. Lui et Suzana sont nés à Elbing. Une fois assuré que les deux sœurs se sont bien retrouvées, il rentrera avec d'autres documents que son beau-frère lui aura remis. Il est prévu qu'il t'apporte des plumes de la meilleure qualité. Suzana est tout à fait capable de voyager toute seule. »

Le peintre, comme pris en faute, dirige son regard vers sa fille.

« Approche, Cornelia, approche. Qu'en dis-tu de ce livre ? »

Il reprend avec elle l'examen de l'ouvrage. Contente, fière même qu'on veuille entendre son avis, elle inspecte le livre, de temps à autre me questionne, puis elle montre des choses à son père, ils se baladent dans les pages librement. Ils s'attardent dans celles qui décrivent les animaux, citent leur nom en plusieurs langues, expriment avec justesse et drôlerie leurs cris. Les deux lecteurs sont fascinés, et cela les rend joyeux. Mon cœur aussi est en joie. Voir un homme et une enfant rire en lisant un livre qui ne renferme rien que les fondements du monde, oh ! quelle réussite. Ce monde est donc aimable, on peut l'approcher et apprendre de lui avec une gaieté pure.

Puis, Rembrandt tombe sur la page illustrant la famille. Le peintre, sa femme et leurs enfants. Le peintre travaille, la femme et les enfants se tiennent à ses côtés.

« Tu as osé mettre cet horrible dessin dans ton livre !

— Heureux de voir que tu t'en souviens.

— Un dessin aussi grossièrement fait ? Bien évidemment, j'en suis le premier contrarié, j'aurais aimé ne me souvenir que des belles choses. Les autres dessins ne valent pas mieux, mais passons, c'est qu'ils ne prétendent pas être plus que ce qu'ils montrent.

— Ces images n'aspirent pas à être des œuvres d'art.

— Pourquoi alors choisir le peintre pour illustrer la famille parmi tant de métiers possibles ? Dois-je en être flatté ?

— Le livre a été imprimé à Nuremberg, voici sept ans. Pour une fois, tes yeux de peintre te trahissent, tu crois te voir partout. Cette image forme un tout. La femme sans l'homme n'est rien, mais lui sans elle non plus. La preuve, les enfants.

Tu souris, tu crois que cela est peu ? Alors tu te trompes. Les enfants sont essentiels. Le peintre ici est d'abord le père.

— Les enfants ? La marmaille agitée, bruyante. Avant l'âge d'être apprentis, il n'y a rien à en tirer. Les femmes s'épuisent à avoir peur pour leur vie, elles meurent bien trop souvent en la donnant, et les pères…

— Comme ce cardinal de Bérulle, vas-tu parler de l'enfance comme d'un état vil et abject ? Je te le redis, les enfants sont innocents, ils sont des anges.

— Comme tu y vas ! Garde ta langue devant ma fille. Tu vas lui embrouiller la tête avec tes idées farfelues.

— Ces idées farfelues sont le socle de mes convictions. La chose commune à tous les hommes, c'est qu'ils ont été un jour, tous sans exception, un enfant. C'est d'avoir oublié cet état de grâce ou de ne pas avoir été aimé pendant leur enfance qui les rend malheureux. Nous avons en partage notre humanité, mais on l'oublie. Et de la même manière, on oublie souvent et profondément qu'à défaut des parents, Dieu nous aime. Cet amour-là peut nous sauver. Le chemin vers Dieu est celui de la lumière. On me rit au nez quand je le clame à voix haute, mais je persiste. Je l'écris depuis quarante ans et, quand le feu avale mon travail, je recommence. Je persiste.

— Voici que, pour la deuxième fois, tu me ramènes à mon enfance, Comenius. D'abord, le moulin de mon père ; maintenant les bras de ma mère. Mon cœur se serre. Tu es un homme dangereux, tu peux rendre les hommes faibles.

— Est-ce être faible que d'avouer être aimé, ou d'aimer être aimé ? Ou d'aimer tout court ? »

Je me suis rarement senti aussi nu devant quelqu'un. Le peintre m'oblige à penser et repenser ce sur quoi j'estime avoir suffisamment réfléchi dans mes travaux. Et malgré cela, dans cet étrange et inexplicable combat que nous nous livrons, ce n'est pas moi qui me dévoile le plus.

« Que ton sourire et triste, Rembrandt.

— Que sais-tu de mon sourire ? Et si c'était du mépris ? Je souris de ce piètre dessin. »

Il ne quitte pas la page, pose sa grande paume sur le livre ouvert comme s'il voulait le protéger de la vue des autres, ne le garder que pour lui. Son regard se perd, mais il continue à empêcher sa fille de voir et d'avancer dans l'ouvrage. Elle s'entête, lui prend le livre des mains, se retire dans le coin le plus éclairé de la pièce et continue son exploration toute seule. Rembrandt, l'air songeur, la laisse faire. Son visage se métamorphose, la sévérité affichée tout à l'heure s'estompe, ses traits s'adoucissent comme s'il échappait à l'obligation de garder la maîtrise de soi. Tout comme sa fille, il a l'air d'avoir vieilli en quelques instants, sans que cela n'altère sa prestance ou sa concentration. Puis, il se reprend, le visage presque heureux. Si le peintre est, par excellence, l'observateur de la vie, j'ai, moi aussi quelque expérience de l'homme, ses comportements, ses sentiments, ses manières de faire, de penser et aussi d'apprendre. J'ai déjà vu des visages se transformer ainsi. Comme les enfants qui cherchent à résoudre un problème ou une devinette, et quand ils trouvent la solution, ils ont dans les yeux les mêmes étoiles que Rembrandt.

Celui-ci me dit :

« À propos de sourire, j'ai peint Lucrèce avec ce sourire dont tu parles. Triste. Elle se réconcilie avec la vie en transgressant les commandements divins, elle se libère en se suicidant. La mort est la seule issue au viol par un prince qui est de surcroît l'ami de son mari. Accéder à la liberté en se donnant la mort, comment tu expliques cela ?

— On ne voit rien si personne ne nous apprend à regarder et à voir. Plus exactement, nos yeux voient, mais l'esprit reste aveugle. C'est pourquoi mon encyclopédie est importante.

— Lucrèce s'est rendue visible par un acte transgressif, interdit. Elle savait. La visibilité, l'envie et la capacité d'être vu sont liées à la volonté. Et Suzanne ? Le même sourire.

— Ce sourire nous trahit. Nous pensons le maîtriser, mais il nous échappe. Et comme tu dis... Suzanne a choisi une autre voie.

— Ah, ton médiocre dessin ! Mais enfin : pourquoi une famille de peintre ?

— Le peintre montre le monde.

— C'est vrai. Il peut aussi montrer l'illusion du monde. Le monde rêvé, le monde modifié, le monde du passé. Regarde ces tissus et ces bijoux, là, dans le coin. Regarde-les bien, leur texture, leur brillance, estime leur prix. Tu ne méjugeras pas trop. Chez un marchand, tu passerais sans leur prêter attention, puisqu'ils sont tous faux ou de mauvaise qualité. Le tissu est rustique, ses taches ne partent plus malgré le lavage assidu de notre servante. Il est usé, la trame est fatiguée, il est franchement troué par endroits, il n'offre aucun plaisir aux doigts et sa tenue est décevante. Et ces parures ? Même un sauvage d'un de ces pays lointains, qui nous procurent des épices rares contre des babioles, n'en voudrait pas. Et alors ? En quelques coups de pinceau, je peux arranger "la vie". Je n'ai plus les moyens de me permettre de vrais diamants et des soies italiennes. Mais qui le saura un jour en regardant mes tableaux ? Alors que pour toi, à ce que je comprends, c'est la vérité qui t'importe.

— La justesse. Tout comme pour toi. Et le geste, il compte. Pour que le peintre puisse exprimer le monde en tableau, qu'il soit véridique ou bien inventé, il faut qu'il en possède une certaine compréhension, la capacité manuelle et le métier pour le faire.

— Tu parles bien de mon métier. Tu dois aussi mentionner le talent.

— Ce n'est pas la question ici.

— C'est toujours la question !

— Ne t'emporte pas comme ça, écoute-moi. Il faut commencer par le début. Avant le peintre, le père, c'est la femme qui, la première, rend compte du monde à l'enfant, dans sa langue maternelle, essentielle à tout apprentissage. C'est grâce à la mère que le monde devient possible et praticable pour l'enfant. À la faveur de cette langue première et amoureuse, le monde devient compréhensible. Le père prend le relais une fois que l'enfant s'oriente dans son univers le plus proche et connu. Il montre à l'enfant un monde plus large, il est le guide, le maître, celui qui choisit quoi et comment enseigner.

— La mère dit et le père montre ?

— La mère touche, elle souffle sur les blessures et prodigue des caresses et des soins, embrasse son enfant, chante et murmure dans sa langue maternelle. La langue maternelle est la base et de ce fait elle doit être enseignée correctement, dans toute son ampleur et toute sa finesse. Ensuite, il sera plus facile d'apprendre toutes les autres.

— Comment ?

— Du plus simple au plus compliqué, en répétant souvent et bien. L'exercice suit toujours la même logique. Une fois acquis, pourquoi ne serait-il pas possible de le continuer dans une autre langue, ou pour toute autre matière ? Le nouveau-né qui ne sait rien apprend énormément et en quoi serait-il plus capable que l'enfant prenant de l'âge, donc de l'expérience ? En travaillant la mémoire, on progresse.

— Tu dis que nous pouvons tout apprendre ?

— Tu as remarqué, à juste titre, combien tout apprentissage exigeant effraie l'élève mais aussi le maître. Alors que rien n'est plus agréable pour l'homme et plus plaisant pour Dieu que de dégrossir l'âme humaine. Tout humain peut devenir un érudit.

— En es-tu certain ?

— Je maintiens. Quant à ceux qui débutent avec des difficultés, on leur apportera un soin particulier. Leurs progrès n'en seront que plus importants et spectaculaires. Et ceci est une récompense pour tous.

— Tu veux enseigner aux sots ?

— Tu peins bien des pauvres et des miséreux... Des morts... »

Bien qu'intéressé, Rembrandt retourne mes réponses dans tous les sens, les examine, les soupèse. Je lui en sais gré. D'autres, prétendument plus savants que lui, les refusaient sans examen.

« Tout, en effet, peut être le sujet d'une peinture si l'artiste en décide ainsi. Mais tout homme ne peut pas être peintre.

— Tout homme peut montrer le monde à son enfant. Et quand il atteint sa limite, ce qui est parfaitement normal, il passe le relais à celui qui enseigne, dont c'est le métier. Le professeur possède la méthode. Néanmoins, le père reste le père, le guide moral. Et tout homme peut trouver son chemin dans la vie, sa place dans la société.

— Sermon de prêtre ! Tu me permettras de m'en passer.

— L'érudition sans la morale, c'est comme décorer un cochon d'une broche en or. N'oublie pas que j'ai vu ton dessin préparatoire et l'ébauche bien avancée du tableau d'Homère et de son élève.

— Rien à voir ! C'est le poète et son scribe.

— C'est le maître qui transmet. La tâche la plus noble qui soit et tu le sais.

— La création est la chose la plus noble.

— Oh ! Seul Dieu est le vrai créateur. Le reste n'est qu'une imitation. Mais… laisse-moi finir, ce n'est pas pour dévaloriser l'imitation. C'est aussi une forme d'apprentissage. Pourquoi prends-tu des apprentis ?

— Pour de l'argent. C'est efficace. Je dois nourrir ma famille, réplique Rembrandt, vivement.

— Le prestige. Avoue-le. Mais il n'est que la façade du vrai succès. Tu aimes être sollicité par beaucoup de jeunes, tu aimes être reconnu comme un bon maître. Homère est le meilleur en la matière. Ses élèves poursuivent son chemin deux mille ans après sa disparition. L'artiste n'est pas nécessairement un bon enseignant. Difficile d'exceller dans les deux domaines, il est préférable d'être très bon dans l'un ou l'autre. Bâcler, rater les deux, c'est la pire des choses.

— Pour une fois, je suis d'accord.

— J'ai le remède.

— Voyons.

— La bonne méthode.

— La méthode ne peut pas tout.

— La méthode peut beaucoup. Tout comme tu es certain de ta touche, de ton geste. Toute ma vie je me suis préoccupé de pédagogie, pour comprendre comment l'enfant apprend et à quel moment, quoi et dans quel domaine.

— Et tu penses l'avoir compris ? Où sont tes résultats ? Tes preuves ? Je te dis, le talent compte. Moi, j'ai mes tableaux, ma signature indélébile, inimitable. Rembrandt est et restera Rembrandt. »

Ses yeux me sondent sévères, pénétrants. Soudain, je mesure qu'il me considère réellement comme une matière à peindre. Je veux davantage. La violence de ce sentiment est insoupçonnée. L'envie d'être quelqu'un pour cet homme me saisit, tout comme l'étendue de son pouvoir, j'en tremble. Je comprends qu'on paie cher pour avoir son portrait de sa main.

« L'*Orbis pictus sensualium*, j'aimerais te l'offrir.

— Je sais depuis longtemps qu'il y a peu de cadeaux véritablement gratuits. Que me vaudra ton cadeau ?

— Je reconnais ton art et ce que vaut ta signature. Je sais aussi ce que valent mes idées et ce livre. Pourquoi pas mon portrait signé de ta main ?

— Peint et signé de ma main ? Tu compares un livre à un portrait ?

— Le monde en images contre un vieillard.

— Troquer un tableau contre un livre ? Aucun de ces bourgeois n'aurait eu une idée aussi extravagante, aucun commerçant, aucun artisan. Tu n'entends rien aux affaires. Il faudrait que ton livre soit de belle facture, rare, richement décoré, que ton nom soit connu en tous lieux, que ton ouvrage contienne des gravures admirables. Tu me proposes un livre pour enfants, qu'on trouvera partout, illustré de vignettes simplistes. Et c'est cela que tu veux troquer contre une œuvre originale, unique ? »

Il coupe court à la conversation :

« N'en parlons plus, j'ai du travail. »

Il se met à sa table, nerveux. Il a sans doute raison. Chacun, pour s'apaiser doit investir les espaces familiers. Le dessin, la peinture sont ses domaines. Avant qu'il m'impose la solitude du modèle, je lui demande une feuille de papier. Il m'en donne une, un peu épaisse, rugueuse et grège.

De ma poche je sors l'étroit étui à plume. Il me faut en choisir une qui conviendra au papier. Taillée pour le grain prononcé et qui tient bien en main pour pouvoir moduler l'épaisseur du trait. Si la plume a gardé de son soyeux, de son brillant originel, c'est encore mieux pour écrire.

Si j'étais peintre, j'aurais aimé saisir ce moment. L'atmosphère dans l'atelier est dense et légère à la fois, l'air est transparent. Rembrandt dessine. Cornelia, dont nous avons négligé la présence le temps de notre conversation, est à sa lecture, enfin, soit elle regarde les images, soit elle lit. Elle est absorbée par l'étude du livre, paisible, au-delà des tracas du monde pour pouvoir l'apprendre. L'étincelle dans les yeux de l'enfant peut se transformer en flamme du savoir.

Le calme de l'atelier s'installe à peine, mon esprit pourrait flâner, comme cela n'arrive qu'ici... Des coups résonnent et me ramènent au présent.

« La mie, il me faut du pain frais », murmure Rembrandt en même temps qu'il tape par terre avec un vieux bâton en peuplier.

Sur des feuilles de papier, il a dessiné une série de vieillards assis dans des fauteuils. Ils tournent la tête vers leur interlocuteur, ou vers la lumière du jour, ou ils se penchent comme pour réfléchir, lire, écrire, dormir. La plupart des dessins représentent une tête pas tout à fait terminée, bout de bras, la chevelure esquissée en peu de traits rapides ; parfois une tache noire signifie une robe. Avec le pouce, il caresse les lignes pour donner du volume autour des croquis. Les croquis n'ont pas de visage. En tout cas pas à cet instant.

Une vieille servante arrive avec un morceau de pain que le peintre juge d'emblée mauvais. Il gronde un autre ordre ; exige un bol de farine blanche et un autre d'eau pure et fraîche. Son impatience est extrême quand la servante revient. D'un mouvement sûr, il fait place nette sur un coin de la table et, sur un morceau de verre coupé au carré, il malaxe un peu de farine, dont il a vérifié la blancheur au préalable, avec la quantité d'eau nécessaire. De ses doigts massifs mais agiles, à l'aide d'un chiffon doux, il fabrique une boule qu'il façonne et malaxe avec un plaisir évident. Quand le résultat le satisfait, il gomme quelques traits de-ci, de-là sur le papier. À chaque geste, le peintre pétrit de nouveau sa boule de farine et d'eau, à chaque geste, la lumière émerge dans le dessin exactement là où il le faut. Le vieux dans son fauteuil prend vie, respire à chaque mouvement du peintre.

« Le charbon sur le papier ne supporte que le pain frais, la mie de pain doit être souple, sinon le travail est gâché. Le pain trop rassis griffe la feuille et n'apporte pas la lumière voulue, trop humide, il colle au papier et abîme également le travail. Pour utiliser ce petit mélange simple, il faut des doigts expérimentés.

— Des doigts de meunier », dis-je et Rembrandt éclate de rire. Il me tend les deux bols, et pousse vers moi le morceau de verre. Je verse un peu de farine, je fais un petit trou au milieu du tas pour verser délicatement de l'eau sans le détruire. Puis je plonge mes doigts dedans, je malaxe, je regarde mes doigts blanchis par la poudre, puis un peu collants, la pâte se forme, répond en amie à la pression de mes mains.

Nous n'avons pas besoin de mots. Tous les deux, nous savons que cette pâte, nous l'avons faite depuis notre âge le plus tendre dans le moulin de nos pères respectifs. D'un côté de l'Europe à l'autre, tous les fils et filles de meunier savent doser la farine et l'eau pour jouer avec la pâte, fabriquer des petites formes lisibles ou fantasques, des figurines, des animaux, leur monde. Il manque le levain pour faire monter et naître le pain. Le levain, une affaire de femmes, de mères.

Le peintre reprend notre discussion :

« Il y a une grande différence entre regarder et voir. »

Il prépare un autre papier, plus fin, il y reporte le dessin plus complet avec un bâtonnet de mine de plomb. Son trait est fin, léger. D'abord, il s'agit seulement de définir des espaces. Les premiers croquis, partiels, seront son guide principal pour la suite. Du simple vers le compliqué. Tout en gardant la clarté de l'idée. Je souris, il parle :

« Regarder, c'est se retirer du monde, s'enfermer dans la passivité et docilité, poser ses yeux un peu partout sans faire de choix, mais aussi sans rien oublier. Alors que voir, c'est choisir. L'intention du regard, la capacité de voir passe par la volonté.

— Le maître canalise le regard de l'enfant, lui apprend à apprendre, dis-je pour prolonger sa pensée. Tu es le maître.

— Parlons-nous de la même chose ? Le véritable maître, je le suis quand mon modèle m'oublie, quand je deviens personne. Quand personne ne regarde, l'homme révèle sa nature.

— Tu peux transmettre.

— Non. Je ne transmets rien. J'offre aux regards, je permets de voir à ceux qui y sont disposés.

— Tu en es certain ?

— Ne t'inquiète pas, j'ai une très haute opinion de la peinture. Ce que le philosophe n'arrive pas à exprimer, le peintre parvient à le faire. Le peintre exprime la présence, malgré la représentation des choses, il convoque l'homme au même instant qu'il regarde, il lie l'émotion et les arguments. En fin de compte, il relie les hommes entre eux, et l'homme à lui-même.

— Je ne dis pas autre chose, cher Rembrandt. Mais je parle de l'apprentissage, de l'éducation.

— J'ai un fils et une fille, et j'ai des élèves. Les élèves me paient pour que je leur délivre un peu de mon savoir. Sois-en sûr, je donnerais beaucoup plus et gratuitement, avec bonheur, si, parmi eux, il s'en trouvait un qui le mériterait. Mon fils est aimant et ma fille aussi. Titus s'occupe bien de moi, rien à dire. Malgré cela, je n'ai pas d'héritier.

— Titus assurera ta postérité.

— Continuité ? Quelle continuité ?! Ce n'est rien. N'importe quel comptable peut assurer la continuité, la survie de mon œuvre.

— Et si Titus se fait son propre nom ?

— Voici ce qui déçoit le plus. Et me rend plus seul. Titus est un beau garçon aimable. A-t-il le talent ? Cornelia pourra se charger de la comptabilité tout aussi bien. Tu comprends ? » dit-il sans attendre ma réponse, concentré de nouveau sur son travail.

Je ne veux pas le laisser repartir dans son silence. Son désarroi n'est pas feint, changer de sujet peut le distraire.

« Oui, je comprends. Mais qu'ai-je compris ?... Autrefois, je suis allé en Suède. J'étais certain que les Suédois aideraient la Bohême contre les armées autrichiennes et espagnoles... Mais les Suédois ont assiégé Prague. C'était il y a moins de vingt ans.

Il a fallu leur écrire plusieurs fois que la paix avait été signée pour qu'ils partent enfin, quatre mois plus tard. Ce fut la dernière bataille de cette guerre de Trente Ans. Elle a commencé, elle a fini à Prague. Les Suédois ont tout pillé, volé des collections, des pièces d'art, des trésors. Pire que tout ce qui précéda. Qu'ai-je compris ? Qu'est-ce que je n'ai pas compris ? Ta question vaut pour tous. Que comprenons-nous ? Tu dis vouloir n'être personne, comme Ulysse, pour mieux voir et montrer le monde. Disparaître pour pouvoir apposer ta signature.

— Je le dis et je le fais. Mon premier tableau d'Homère montre un trio magistral : le poète, le philosophe et l'homme politique. Qui fait quoi ? Le poète aveugle offre une vision poétique du monde puisée du fond de son cœur à l'aide d'images ; le philosophe dispense des concepts et ordonne rationnellement le monde ; le politique, sans les images du poète et les raisonnements du philosophe, n'est rien pour mettre tout cela en pratique. Voir et comprendre pour décider. Qui est élève de qui ? Tu devrais le savoir, toi le grand pédagogue, non ? »

Les questions du peintre me sont douloureuses. Ne pas répondre, ne pas chercher les réponses le sera plus encore. Je lui retourne sa question : « Qui est élève de qui ? » Et j'affine ma réponse :

« Au tout début, voici la mère. On y revient toujours. Elle, indispensable, souvent invisible. On lui assigne une place dans l'ombre, ou alors on l'assoit sur un piédestal en vierge toute-puissante. Pourtant, c'est elle qui ouvre les yeux, le cœur de l'enfant et lui présente le monde. Mais, pour cela, seulement faut-il qu'elle soit elle-même éclairée. C'est elle qu'il faut instruire en premier, elle est le commencement. Elle ne peut pas être muette et figée en image sainte.

« Le péché commence, dit-on, par la transgression de la femme. Elle veut savoir. C'est pour cela qu'on l'accuse de tous nos torts, et qu'on s'en excuse en lui mettant l'enfant divin dans les bras. Mais Dieu ne peut pas vouloir le monde ainsi. Il n'y a pas de faute à désirer savoir. Nous devons être curieux ; nous servir de notre curiosité pour faire grandir notre âme. Apprendre le bien, le vouloir et le faire même si personne ne nous regarde. Vouloir la paix pour nous approcher de Dieu. Je suis persuadé qu'aspirer au savoir n'est pas nier Dieu, ou ne pas l'aimer. Moi, j'aurais aimé savoir comment soigner ma femme contre la peste plutôt que de prier Dieu de se faire médecin. Dieu nous a dotés de la raison pour qu'on l'utilise. Si nous ne voulons pas nous en servir et partager nos savoirs, nous restons des êtres bruts à l'âme grossière. Refuser d'apprendre, de nous éduquer, c'est aller contre la volonté de Dieu. Voilà notre péché. L'ignorance. Seule arme, l'éducation, l'enseignement. L'idée que personne ne regarde, c'est une illusion. Nous ne sommes jamais seuls, Dieu le guide est toujours là.

— Ou le peintre », dit Rembrandt.

Il fouille dans une pochette en cuir usé. Elle contient plusieurs feuilles. Des dessins et des lavis. Uniquement. Il les caresse de ses grosses mains de meunier aux doigts épais, ravinés de petites crevasses sales, noircies par le charbon des bâtons de bois calciné, par les poudres diverses et variées, des doigts impossibles à laver. Ses mains portent les stigmates de son sort. Il souffle des graines de poussière invisibles, il tourne les feuilles vers les rais de lumière comme pour vérifier que tout est bien en place. Il en choisit une, la dispose sur la table.

« Voici un dessin, un lavis de bonne facture. Il manque dans ton encyclopédie. C'est mon atelier de la maison Breestraat. Le jour inondait la chaise sur laquelle Hendrickje était assise. L'union du corps de la femme et de la lumière était splendide, d'une telle pureté, d'une telle rareté. Je ne savais pas que Hendrickje se trouvait dans l'atelier. Elle ne se doutait pas non plus que je me tenais derrière elle, dans l'embrasure de la porte, face aux nombreuses et immenses fenêtres se succédant du sol au plafond. Les volets intérieurs de la rangée du bas étaient fermés. Dans la rangée supérieure, seule une paire de volets était entièrement ouverte.

« Avant de commencer tout travail sur la toile, j'ajuste mon chevalet en fonction de l'inclinaison des rayons du soleil et de sa force. Ce "mur de fenêtres" était un endroit unique dans ma grande maison, mon principal allié. En ce jour singulier, je me suis rendu compte que Hendrickje n'ignorait rien de tout cela. Son torse était dénudé, son bras délaissé le long de son corps, son dos appuyé contre la cheminée dont l'agréable chaleur se conjuguait avec celle, même illusoire, du soleil. En novembre, le soleil au travers des vitres n'est guère chaud. Devant elle, sur ma table de travail, deux objets d'importance : mon écritoire qui me servait à dessiner et préparer mes gravures, et un berceau. Un nouveau-né, ma fille Cornelia, repue, y dormait.

« La mère s'était abandonnée, comblée. La lumière ne venait plus du soleil, mais irradiait, comme montée de la femme vers le ciel, comme si c'était elle qui éclairait le monde. Comme si Hendrickje était dans une pure conversation avec l'astre. La conversation entre l'ombre et la lumière rend tout accessible pour qui veut bien prendre le temps de contempler.

« Le charme de cette scène réside dans l'ombre qui niche partout. Elle investit tous les recoins, elle s'agrippe aux murs, se plaît dans les endroits cachés, s'y amplifie, accentue les volumes, les met en valeur. Elle est douce, n'exige pas une lumière violente, trop marquée. Celle-ci, parfaite émane de la femme qui pense mon atelier, qui lui donne la vie. Dans ce lieu, qui est le mien, au cœur de mon antre, de ma place forte, la seule artiste c'était elle, la femme, la mère.

« L'enfant, à la fois invisible et si présente… L'enfant a grandi et se porte bien… la petite Cornelia, ma fille… troisième de ce nom puisque les deux premières sont mortes avant l'âge de trois mois. J'ai prié pour qu'elle vive ! Moi, je n'étais qu'un simple et impuissant spectateur du miracle de la vie, celui de la naissance et de la maternité. En exécutant le lavis, je me suis senti plus voleur et voyeur que jamais. Hendrickje pensait que personne ne la regardait. »

Je lève les yeux lentement pour ne pas déranger. Rembrandt me fixe :

« Hendrickje est morte, et je n'ai plus de quoi payer sa sépulture à Westerkerk. Je ne suis pas exilé. Je suis seul. Et triste.

— Je n'ai jamais vu de madone aussi belle, lui dis-je.

— Ce n'est pas une madone. C'est Hendrickje, c'est tout simplement elle. Représentée en Bethsabée, en Danaé, ces rôles lui vont plus ou moins bien. Ici, c'est elle, elle, elle. Le premier geste de la main, le dessin, ma Hendrickje. »

Rembrandt reprend la feuille avec une infinie douceur, comme s'il portait une chose précieuse. Et ce dessin est précieux, évidemment. Il a raison, toute parole est superflue quand on regarde une telle image d'une mère au repos, son enfant endormi dans son berceau.

Le deuil de sa femme l'habite, il lui faut le dominer. Il ne sait pas quoi faire, démuni face à cette réalité, je l'entends parfaitement. On n'enseigne nulle part comment être un bon père, un bon mari, comment pleurer ses morts. Si son cœur aime, il ne sait pas comment le dire, comment le montrer autrement qu'en quelques traits sur un papier.

C'est lui qui rompt le silence et qui renoue le fil de mes pensées :

« Pourquoi veux-tu tout enseigner aux gens ? Et même à ma fille ? »

Ma réponse est claire :

« Pour les rendre libres.

— Libres ? Ne dis-tu pas le contraire ? Que ce trop vieux continent n'est que guerres et combats. Que nous sommes issus de ce moule ? »

Pour Rembrandt, je résume encore une fois mes pensées :

« Nous pouvons rendre le monde meilleur en commençant par réparer, ou plutôt améliorer et instruire les hommes. Il faut commencer tôt. Dès la prime enfance. Tu vois la suite ? Je l'ai écrit déjà dans mon premier ouvrage de grammaire. Perdu celui-ci, égaré pendant ma fuite, oublié à Brandys nad Orlici où je me cachais chez Žerotín, brûlé dans je ne sais quel incendie, je ne sais pas. Comme…

— On ne t'a pas jeté au bûcher avec ?

— Seulement mes livres. Et d'autres hommes avant moi. Je ne suis pas un martyr, je ne suis qu'un exilé. C'est tout aussi douloureux que d'être mort brûlé. Pire. La douleur ne cesse pas.

— Tu radotes, Comenius, tu es aussi vieux que ce continent. Et tu veux rendre libres tous les hommes.

— C'est ma réponse aux maux de ce monde : dégrossir. Éduquer. Tous. Machiavel ne réservait qu'au Prince une éducation exclusive et très particulière. Érasme élargissait considérablement la vision en s'adressant aux personnes douées, aux élites destinées à diriger leur pays. Selon moi, l'école est l'affaire de tous et surtout, c'est une affaire d'État. C'est une affaire politique. Ceci, je le dis aux puissants du monde de tous les pays où j'ai posé le pied, et même là où je ne suis jamais allé. On m'écoute, certes, on lit mes ouvrages, on m'applaudit. Malgré cela, on ne suit pas mes conseils, puisqu'une autre guerre arrive, et que tous mes efforts en sont anéantis. Tout seigneur estime que la guerre est sa meilleure mise de fonds. Je dis que nous naissons tous avec d'inestimables talents qu'il convient de faire fructifier. Notre tâche d'être humain consiste à nous améliorer, à nous approcher de Dieu, puisque chaque enfant porte en lui une part d'ange. On ne doit pas laisser se faner l'innocence mais au contraire la cultiver pour qu'elle croisse et porte ses fruits. »

Ah, je cherche mon siège. Sans m'en rendre compte je me suis levé, j'ai arpenté l'atelier ; je dois reprendre mon souffle. Le peintre me fait face, le front plissé. Il n'entend que ce qu'il veut entendre.

« D'abord tous mes apprentis passent plusieurs années à préparer des pigments, ensuite certains apprennent à réaliser des ciels, d'autres sont bons pour peindre des mains ou travailler des fonds, mais je n'en ai vu aucun assez doué pour dépasser son maître. Pas un apprenti, pas un élève ne pourrait prendre ma suite. Et personne, sans doute, ne saura reconnaître mon génie. Qu'adviendra-t-il de mon œuvre plus tard si personne n'est capable de l'apprécier ? Ne parlons pas de me succéder ! Ils ont des yeux et ne voient pas, des oreilles et n'entendent pas. On gave le public de tableaux de piètre qualité en prétendant que c'est de l'art. Dois-je accorder du goût à mon boucher sous prétexte qu'il accroche mes gravures à son mur ? Il veut seulement que ses clients et ses fournisseurs sachent que Rembrandt aime ses tableaux. Je n'achète plus de viande chez lui, c'est fini.

— Tu as peur ?

— Peur ?

— Peur de voir tes œuvres sur les murs de ton boucher à côté des tableaux que tu juges de moindre qualité mais que ton boucher apprécie ? Par pudeur ou par orgueil, est-il impossible d'accepter que ton boucher soit capable d'apprécier d'autres œuvres d'art ?

— Pourquoi ?

— Pourquoi quoi ?

— Pourquoi devrais-je partager mes opinions sur l'art avec mon boucher ? Pourquoi mon boucher saurait-il reconnaître un maître ?

— Pose la question autrement : pourquoi un boucher ne saurait-il pas reconnaître un maître ?

— Pourquoi veux-tu mettre tout le monde sur les bancs de l'école ?

— Pour plaire à Dieu. Pour l'approcher. Pour la paix.

— Les écoles pourraient combattre la guerre ? Changer la nature de l'homme ?

— Que sait-on de la nature de l'homme ? Et de quoi te soucies-tu lorsque tu peins ?

— De moi, réplique-t-il en haussant les épaules.

— Ah ! C'est si simple de n'être qu'un frondeur.

— Oui, Monsieur le professeur ! De l'homme, je parle de l'homme si tu préfères. Sais-tu combien de portraits j'ai faits dans ma vie ? Sais-tu comment il faut regarder l'homme pour le voir ? J'ai passé des heures et des heures, seul avec moi-même, avec un miroir, des toiles et mes pinceaux pour saisir ne serait-ce qu'une infime partie de ce qui constitue l'être humain. Sais-tu que quand on achète un autoportrait de Rembrandt, on acquiert une part de l'humanité. De ce qu'on partage tous. Une image de soi. Tu me parles des écoles, d'élévation des hommes et des femmes. Je te le répète, combien sont capables de comprendre ma peinture malgré le prix qu'ils y mettent ? Pourtant tout y est ! Toi, qui dis qu'il faut apprendre par l'image ce qu'on ne comprend pas avec des mots trop abstraits ou inconnus. Eh bien ! Mes tableaux devraient faire l'affaire, non ? Tout y est. Et même davantage ! Le souffle divin, l'inspiration, l'intransmissible, le magnifique. Ce qui procure l'émotion, ce qui fait fondre en larmes. Oui, tout y est.

— C'est bien de l'orgueil.

— Oui ! Je te le demande, comment enseigne-t-on l'exceptionnel ?

— Je propose mon encyclopédie et…

— Je te parle de génie, tu me parles du peuple, du premier quidam venu. »

Les bras en l'air, comme un prédicateur furieux, Rembrandt danse autour de son chevalet au milieu de la pièce.

« Écoute-moi, doux rêveur, qui me demande un portrait comme si c'était une chose ordinaire à troquer contre un livre pour enfants, j'ai une grande révélation à te faire : devant toi se tient un génie. Rien n'est plus lourd à porter ici-bas, tu peux en être sûr. Le génie, est-ce un don divin ? Ainsi, j'approcherais Dieu ? Ah, toutes ces questions sans objet. Je suis déjà assez occupé à vivre ma solitude. Avoir du génie et en être conscient ne garantit en rien le bonheur, au contraire. Génie et conscience sont des promesses de souffrance. Le génie proscrit l'amour simple et pur. Le génie n'a pas d'ami. Être génial, tu comprends, c'est être seul ! Peut-être entouré, peut-être même aimé par les siens, même apprécié par le public, mais jamais vraiment compris et toujours seul.

— Père ! s'écrie sa fille, jusqu'alors absorbée par la lecture et dont nous avons oublié la présence.

— Quoi ?

— Je voudrais la carte de l'Europe, une grande carte de l'Europe. Ou mieux, la carte du monde.

— C'est une idée qui te vient de ce livre ?

— Je me suis trompé, ce livre n'est pas pour toi, Rembrandt.

— Comment ?

— Je l'offre à ta fille.

— On n'offre pas de livres aux jeunes filles.

— Vous criez, père.

— Je ne crie pas. Je dis ce que j'ai à dire de manière à être entendu !

— Vous criez. Maman aurait adoré ce livre.

— Quoi ?

— Oui, elle l'aurait adoré. Nous aurions compris plein de choses, et dans différentes langues. Même sans vous. »

Gdansk, début de l'année 1665

Ma chère Cornelia,

Je profite de mon court passage à Gdansk, où ma sœur et moi sommes venues faire quelques visites, pour t'écrire cette lettre et te réconforter. Cela fait plusieurs mois que je me consacre entièrement ou presque à la garde des enfants d'Alžběta et j'apprécie aujourd'hui d'avoir le loisir de découvrir mieux cette ville.

Pour venir d'Amsterdam à Gdansk, nous avons pris la route de Osnabrück, Brême, Hambourg, puis avons longé la côte balte, sur les conseils de mon père. Elle est peut-être plus longue, mais offre davantage de sûreté que celle de Berlin et Poznan.

On m'a fait part de la mort de ta mère. Je partage ta douleur et je la comprends d'autant mieux que la mienne m'a quittée quand j'avais cinq ans. Je sais combien, enfant, nous avons besoin de nos mères, et tu as eu le bonheur de vivre aux côtés de la tienne jusqu'à tes onze ans. Les mères sont fortes mais fragiles. En chérissant leur souvenir nous les ramenons à la vie, nous gardons leur tendresse présente, sois-en certaine.

Peter, mon frère d'adoption a ouvert une école à Nassenhuben, où nous habitons. Ici, on dit Mokry Dwór, quelque chose comme le Domaine humide, ou la Cour mouillée, si tu préfères. Il y vit avec Alžběta, sa femme, et moi avec eux. Plus que de passer du temps avec mes neveux et ma nièce, j'aime travailler avec Peter qui est un excellent maître. Je l'aide, je fais de mon mieux. Plusieurs dizaines d'enfants fréquentent l'école, parmi eux des orphelins. À leur contact, le souvenir de mon père m'étreint souvent, je n'oublie jamais aucun de ses préceptes. Aussi Peter a-t-il organisé l'école en degrés, selon l'âge et les capacités des enfants, il s'applique à les faire progresser en douceur, bannissant la violence qui pourrait briser leur envie d'apprendre.

Comme je maitrise aussi bien le polonais que l'allemand, je peux m'occuper des enfants les plus petits et enseigner dans leur langue maternelle. Pourtant, je rêve de faire davantage, et pourquoi pas enseigner en latin à ceux des classes supérieures. Je le pourrais. J'ai hâte de voir les plus doués de nos élèves accéder aux enseignements universitaires et y étudier l'hébreu et le grec. Imagine la joie si les filles pouvaient y prétendre. Si déjà chacun pouvait étudier et comprendre la langue et l'histoire de son voisin.

Comment savoir si un jour j'aurai ma propre famille, mes enfants à moi ? Cette pensée me vient parfois, puis s'en va. J'éprouve un tel plaisir à m'occuper de tous ceux qui m'entourent. Que d'attention ils réclament, et de soins.

J'aimerais aussi être près de toi !

On dit de mon père qu'il est utopiste. Il répond qu'avant de penser, on croit, et qu'avant de raisonner, on rêve. Le rêve n'est

pas une illusion. Le rêve est une des briques dont le monde réel a besoin pour exister, tenir debout.
Il faut rêver, ma chère Cornelia.
Je joins à ma lettre une simple carte pour te montrer la route empruntée, et un ou deux dessins de la ville de Gdansk : je les ai dessinés rien que pour toi.
Avec toute la tendresse que j'éprouve pour toi, je te serre dans mes bras ma jeune amie.

Suzana

DU RIRE DIVIN
ET DE L'OUBLI HUMAIN

1665

De loin, je vois la porte de ma maison ouverte, alors que j'ai maintes fois exigé de Cornelia de la laisser fermée, bien fermée. Titus est en ville chez les Van Loo, à faire sa cour à leur fille Madeleine. Je devrais être content, je ne le suis pas. Ma fille dit que je ne suis content de rien, elle n'a pas tort. Elle a pris beaucoup d'assurance ces derniers temps, une envie de liberté grandit en elle. La vieille servante qui est censée garder l'œil sur Cornelia ne sert à rien, mais je n'ai pas les moyens de payer quelqu'un d'autre. Ma fille le sait parfaitement.

Mon médecin, ce vieux coquin, m'a dit tout à l'heure que j'allais bien, que ma vieille carcasse fonctionnait le mieux possible, juste que mon cœur battait fort. Il a fallu que je le paie pour m'entendre dire que mon cœur battait fort ! Ça, je le sais. Chez moi, tout est fort, pas de demi-mesure.

D'habitude, mon médecin se déplace pour me voir et m'ausculter lorsque je l'informe que ma respiration est courte, saccadée ; aujourd'hui, j'ai dû me rendre chez lui. C'est la première fois. Il a eu l'audace de m'affirmer que c'était pour mon bien. Marcher devrait m'être bénéfique. Un vieux Juif plaisantin. Mais un très bon médecin, puisqu'il me maintient en vie. Pour Cornelia. Il le faut.

De ma maison sortent des inconnus, deux jeunes gens que je n'ai jamais vus. Cela ne me plaît pas. Je crie. Ma voix est aussi forte que les battements de mon cœur. Ils se retournent et me saluent de loin en agitant leurs bras, le sourire aux lèvres. C'est à ne rien y comprendre.

J'allonge le pas, bien que mon pantalon bouffant ne me facilite pas la tâche. Il s'emmêle dans mon long manteau de brocart, et puis, je dois tenir mon turban fait d'une longue étole de soie bleue. Le médecin a remarqué la finesse de l'harmonie des tissus et des couleurs. C'est également pour cela que je l'apprécie. Les Portugais et leurs descendants ont souvent bon goût pour les vêtements, ils savent estimer la qualité des matières. Je n'ai pas mis de bijoux, il aurait vu que leur or n'est qu'un alliage de laiton de piètre qualité. Sur les toiles, c'est mon affaire, je peux donner le change. Être beau gêne la marche, et mon cœur bat, bat et bat.

Dans l'entrée, Cornelia lit une lettre dans la lumière tombée des lucarnes, au-dessus de la porte. Ces deux jeunes garçons ont dû jouer les facteurs. Faut-il être à deux pour porter une lettre ? Je n'avouerai jamais à ma fille que j'ai peur qu'on parle d'elle comme d'une belle fleur, peur qu'on la courtise. Dire que sa mère entrait à mon service alors qu'elle avait à peu près son âge. Une gamine ! Ce temps qui passe est effrayant !

« Qui t'écrit pour que tu en oublies de saluer ton père ?

— Ah, père ! Vous vous rendez compte, une lettre qui me vient de Pologne. De la part de Suzana. Vous savez, la fille de Comenius. C'est la première fois qu'on m'écrit de si loin. L'odeur de ce courrier est singulière, différente, et touchez le papier, on dirait qu'on le fabrique autrement là-bas, il ne produit pas le même son quand on le frotte entre les doigts. Regardez, la couleur de l'encre est plus bleue que noire, on dirait.

— La fille de Comenius ?

— Oui. D'ailleurs, il s'est installé là-haut. Je lui ai fait porter le siège qu'il aime bien. Il me semble plus voûté que la dernière fois…

— Où est-il ? »

Je monte les marches quatre à quatre. Aussi vite que mon cœur, qui bat fort, me le permet. Nous n'étions convenus de rien, je n'attendais pas sa visite ; encore moins qu'il s'installe.

En effet, Comenius est assis devant un petit bureau portable avec des feuilles de papier, un encrier ouvert et quelques plumes bien taillées. La lumière inonde le bureau, un peu trop. Il écrit. Lentement, il dessine chaque lettre, s'applique à la rendre lisible. Cette vision m'apaise, j'ai presque de la peine de le déranger.

« Que fais-tu là ?

— Ma maison est sens dessus dessous. On y réorganise le rez-de-chaussée en aménageant une nouvelle pièce pour l'imprimerie, qui vient d'arriver. Je n'y suis d'aucune utilité. Il m'est impossible de travailler dans un tel boucan.

— Ma maison te sert de refuge ? Pourquoi pas la bibliothèque ? Tu en as les clés. Quelques braves scribes et savants de la ville sont jaloux de ce privilège. Et tu viens chez moi !

— Mes pas m'ont porté ici. Je ne saurais t'en donner la raison. Peut-être à cause du goût d'inachevé de notre dernière conversation.

— De toute évidence, tu viens pour écrire, pas pour parler.

— Je souhaiterais rédiger plusieurs lettres. Mon fils Daniel est revenu dernièrement de Pologne. Alžběta a accouché de son quatrième enfant. Une fille, Marie Alžběta. La mère et la fille vont bien. Suzana a souhaité y prolonger son séjour. J'en suis heureux et triste à la fois. Un sentiment partagé. Tu vois, le père doit se taire, il faut penser au bien des enfants, à leur famille et foyer. Alors, je l'encourage. »

Je me fiche de ses soucis familiaux. J'ai les miens. En guise de réponse, je grommelle, mécontent qu'il prenne ses aises dans mon atelier.

« Entre nous, j'espère pour Alžběta qu'elle profitera de quelques instants de bonheur comme ceux que tu as saisis dans ton lavis. Ce bonheur si simple et si plein », poursuit-il sans se soucier de moi.

Sa remarque de nouveau fait battre mon cœur. Qu'il se rappelle de ce dessin me procure une forte satisfaction.

Il ajoute :

« Je lui en parlerai dans ma prochaine lettre, si tu le permets, je lui décrirai la scène. »

Je m'en réjouis, oui, son intérêt semble sincère et me plaît. En même temps, il empiète sur mon territoire. L'écrivain a déposé chez moi ses plumes, ses rouleaux de parchemin, ses feuilles de papier et ses flacons d'encre. Un visiteur de passage aurait pu considérer qu'il était chez lui, que nous étions chez nous. La frontière entre celui qui écrit et celui qui peint est ténue, voire inexistante. C'est comme si je perdais du pouvoir.

« Tiens, ceci est pour toi, quelques belles plumes de Pologne. »

Je les soupèse, légères, droites, bien équilibrées, du beau matériel. Je suis content. Et voilà que je l'entretiens du papier japonais, une invention extraordinaire quoique coûteuse, même si on se le procure directement auprès des marchands venant d'Asie. On m'a dit qu'on le fabriquait à partir d'un arbre qui ne pousse pas dans nos contrées et on en obtient des tailles de rouleaux formidables. Le secret du procédé est bien gardé. Il est plus rentable pour les Japonais de vendre le papier fini, toujours plus cher puisque nous l'apprécions de plus en plus en Hollande et partout ailleurs. L'artisan doit veiller à sa méthode, l'artiste chérit et cultive sa particularité.

Ce papier est d'une transparence et d'une solidité incroyables. J'ai pris l'habitude d'y copier les gravures et les copies de tableaux réalisés aux Indes, souvent par des peintres hollandais installés là-bas, ou bien, et c'est plus excitant, par des peintres de ce pays.

Cela fait un certain temps que je ne l'ai utilisé. Je n'ai pu préserver qu'une seule rame vierge de cet excellent papier japonais. Elle traînait enroulée par terre. Les sbires le jour de la saisie étaient peut-être trop paresseux pour se baisser, ce qui l'a sauvée. On pourrait dire beaucoup sur le papier, c'est un outil, comme le pilon.

À la fin, je demande tout de même :

« Combien de temps penses-tu rester chez moi ?

— Le temps de rédiger une lettre. Je te le promets, je vais me tenir sage et silencieux.

— Ce serait bien la première fois. Tu es tout le temps en mouvement, incapable de poser ni de te poser.

— Il faut absolument que j'écrive. Ton atelier est propice au travail, je l'avais remarqué. »

Je grimace, il sourit.

« Mais tu écris tout le temps, même quand tu n'écris pas... tu écris quand même.

— Comme c'est drôle ! Et c'est un peintre qui ne perd jamais rien d'un motif et de la lumière qui le sculpte qui ose me dire cela. »

Je hoche la tête, je crois que nous nous comprenons. Nous allons travailler en chœur.

Parmi les toiles déposées contre le mur, je trouve rapidement celle que je cherche. Une toile vierge, tendue et retendue depuis quelques jours, apprêtée. Le désordre n'est qu'apparent, c'est le mien et je m'y retrouve. C'est d'ailleurs une obligation pour tout homme qui prétend créer, de maîtriser son espace et le monde qu'il contient ; à plus forte raison pour un peintre.

Derrière moi, la plume se remet à crisser sur le papier. Comenius tient sa promesse, il est calme et silencieux. J'ai tout le loisir d'observer ses mains, ses phalanges décharnées, ses articulations massives et saillantes. Ses longs doigts enlacent tendrement la plume, mais les garder longtemps repliés autour d'elle lui cause des douleurs. Il les remue souvent pour ne pas provoquer une crampe. Quand il pousse une profonde respiration, régulièrement ses épaules se lèvent, son dos se courbe. On dirait qu'il pique du nez, qu'il écrit avec son front. En tout cas, il le tient si près de sa feuille que ses mots et ses pensées pourraient passer directement de sa tête sur le papier. C'est une belle composition ; pas suffisamment pour être peinte. On verrait la difformité du vieillard, pas la tension qui l'anime. Je suis convaincu que tout peut se peindre, même l'indicible, car tout dépend du point de vue. Si je m'asseyais sur la chaise de nourrice qui traîne au fond de l'atelier, je verrais la tête de Comenius démesurément volumineuse et son torse étrangement incurvé vers l'intérieur. Dans cette position, ses narines paraîtraient s'élargir. Il aurait l'air d'un monstre qui s'apprête à dévorer le spectateur. Certes, je ne serais pas obligé de peindre ses narines pour adoucir l'expression du visage, mais je pourrais aussi accentuer la tension dans ses yeux et le rendre ainsi plus monstrueux. Alors qu'il n'est pas d'agneau plus doux que lui, sauf quand il défend l'une de ses idées. Et nul n'aurait saisi, même le spectateur le plus attentif, l'importance de la taille des narines qui donnerait son expression finale au portrait.

Il faut que je note cela pour mes apprentis, certains peuvent l'entendre : quelquefois, c'est juste une courbe, *a priori* invisible, qui donne le ton au tableau, une autre fois c'est une tache de blanc, de jaune de Naples, ou du noir. Un tableau peut basculer vers l'obscurité ou au contraire vers une clarté joyeuse. Ou bien, un semblant de non-fini des mains de mon sujet suggère un mouvement non terminé, et par-là évoque la vie grâce à un détail imperceptible au public mais qui tient le tout. On ne s'aperçoit même pas que j'ai modifié la réalité. Le peintre juge ce qui est bon à peindre et comment, ce qui vaut d'être fait. Et personne n'y trouve à redire.

Leur répéter aussi sans cesse qu'il ne faut pas craindre de déplaire. Me suis-je jamais demandé si la beauté, telle que je la conçois, plaisait et pourquoi ? Non. C'est parce qu'elle ne cherche pas à plaire, elle cherche à être, à être dans sa crudité et nudité, dans sa vérité. Dans son immortalité. La faille, le point de rupture à partir duquel on va vers l'équilibre…

Je vais le redresser mon modèle, poser ses coudes sur les accoudoirs, joindre ses mains, travailler son regard. Et sa barbe. La barbe est aux hommes ce que la coiffure est aux femmes. La sienne est blanche, trop blanche pour être vraie. Je vais l'arranger un peu, lui donner plus de panache, du mouvement. Il faudra que je lui dise un jour quel soin je prends de lui.

Au bout de quelques minutes, ma main œuvre au rythme de sa respiration, même si je ne perds pas de vue mes précédents dessins et tout mon travail préparatoire. Je fais son portrait. Le sien, pas le mien.

Je pourrais le peindre jeune.

Oui, je pourrais le rajeunir, au moins de quelques années, ou de quelques voyages, ou de quelques morts dont il ne veut pas me parler mais que je sens présents. Rien que cette barbe avec ses reflets de terre de Sienne, puis ce dos qui devient plus droit… Assez de vieux et de vieilleries aujourd'hui. Le médecin n'a pas fait preuve de la même délicatesse que moi. Il est cruel, plus cruel que le peintre. Il n'a pas modifié, arrangé la réalité, ma réalité. Sa sincérité était trop évidente, je me suis vu tel que je suis, approchant de la mort. Il paraît que je dois remercier Dieu d'être arrivé à mon âge, avec mon caractère et ma singulière manière de vivre. Tiens, Comenius est plus courbé que moi, voilà qui me rassure. En le redressant sur la toile, je me redresse.

Comenius me dévisage. J'aimerais arrêter ce regard-là, le prendre et le poser sur ma toile. Ce serait lui. Son regard bleu transparent. Insaisissable. Même pour moi ?

Je m'adresse au théologien :

« Crois-tu que Dieu a le sens de l'humour ? Qu'il rit ?

— Étrange question. Je n'en sais rien. La sagesse voudrait qu'on sache rire de nous-mêmes, qu'on ne craigne pas le ridicule, qu'on soit bien disposé et de bonne humeur avec soi et avec notre entourage. Il se peut que Dieu sache rire. Qu'il rie. De nous ?

— Mais il ne nous fait pas souvent rire, n'est-ce pas ?

— Le rire, quand on tourne la question dans tous les sens, n'est pas une chose facile, dit Comenius l'air grave.

— J'ai peint Saskia et son rire. Mon Dieu, elle savait si bien rire ! J'ai peint ses yeux plissés, ses pommettes rehaussées et ses dents, on voit ses dents. Eh bien, j'ai entendu dire que ce tableau était laid. Vulgaire. Morbide. On accusait son rire d'être érotique, diabolique. On y apercevait la mort, soi-disant. La bouche ouverte dans un tableau fait peur, bien plus que les yeux vides. On devine l'animal qui sommeille en nous, les instincts incontrôlables, inavouables. Comme quand je l'ai prise la première fois sur notre magnifique table, combien elle était surprise d'aimer ça. Tu vois ce que dit de nous le sourire. Tout ce qu'on ne sait pas de soi et tout ce qu'on voudrait cacher. Et aussi l'état de nos dents. Saskia avait de belles dents, chose à noter, comme des perles blanches. Pour tout te dire, j'aurais aimé qu'on entende son rire. Le rire de Saskia était si beau, si pur. Pas celui de Lucrèce, un sourire triste, non. Ni celui de Hendrickje en Bethsabée se baignant dans la rivière, un sourire pour soi, non, non. Saskia avait le rire divin, tout simplement. Tu imagines le tableau de Dieu hilare ?

— Je n'ai jamais essayé.

— Ce vieux Juif de docteur *ès science de vie pleine de santé* m'a dit tout à l'heure que Dieu est infiniment patient. Qu'il possède un grand sens de l'humour, qu'il lui en faut s'il nous accueille dans un état physique comme le mien risque de l'être à ma mort, habité de si peu de foi. Et pour l'éternité. Il lui en faut pour faire passer l'éternité plus vite.

— Ton docteur n'est pas sérieux. L'éternité ne passe pas. Il veut t'effrayer avec ta propre mort.

— Peine perdue. Il ne sait pas que je suis immortel.

— Alors tu ne vas pas mourir ?

— Comenius, ne te fais pas plus bête que tu ne l'es. Je ne suis pas éternel, ça, je le laisse à Dieu. Je vais mourir, mais ce n'est pas de ma mort que j'ai peur. Mon immortalité m'en garde.

— Alors de quoi ? De l'oubli ?

— N'est-ce pas de cela que nous avons tous le plus peur ? Qu'on nous oublie. Que notre vie perde tout sens avec notre mort ? Que notre vie elle-même n'ait pas de sens ? Moi, je ne disparaîtrai jamais totalement.

— Jamais ?

— Jamais. Ma peinture me gardera en vie. Elle assurera ma gloire même après ma mort. De mon médecin, personne ne saura rien. N'est-ce pas pour cette raison que tu m'as demandé ton portrait de ma main ?

— Passons. De quoi as-tu donc peur ?

— Mais de rien ! Je n'ai pas peur !

— Tu es donc Dieu.

— Parfois cette idée m'effleure.

— Et c'est moi que tu traites d'hérétique ? »

Comenius se met à rire, d'un rire juvénile, contagieux. Sa plume en est secouée ; une goutte d'encre tombe sur son papier. Contrarié, il l'essuie et l'étale du revers de sa main.

« Qui est l'heureux destinataire de cette lettre à laquelle tu t'applique ?

— Louis XIV, roi de France.

— Le roi de France ? Eh bien ! Ça doit être important.

— Ça l'est. Il fait partie de ces grands et puissants à qui il convient de soumettre de grands sujets concernant les affaires des États européens, peu importe qu'ils soient frères ou ennemis.

— Frères ou ennemis. Tu veux dire que c'est la même chose ?

— Oui, rien n'est plus versatile que la fraternité des États. Pour la garantir, il n'y a que le droit. Il faut établir une institution reconnue et respectée par tous, qui fasse force de loi dans tous les royaumes, afin de régler les litiges. En vérité, la paix est un sujet majeur. Le seul pour ainsi dire. Ensuite, on pourra s'occuper du commerce et de tout ce qui suit.

— Toujours ton projet grandiose. Ce dont tu nous parlais chez Marguerite de Geer ?

— Celui-là même. Il est parfaitement réalisable. Il faut bâtir des institutions fortes, stables pour que le projet dure et survive à la mort de ses concepteurs. Comme les écoles, c'est un projet politique. Et c'est aussi une question de méthode et de volonté. Voilà ce que je décris à Louis XIV.

— Tu vas lui envoyer ta lettre à Paris ?

— Je vais lui envoyer cette lettre-là où il est. À Paris, ou dans son chantier à Versailles, ou encore sur un champ de bataille, que sais-je ? Tout le monde sait où se trouve le roi.

— Pourquoi un grand roi s'occuperait-il de ton projet ?

— Précisément parce qu'il est grand. Ce serait pour lui une manière de l'être davantage.

— Et tu me traites de présomptueux ? À quoi ou à qui servirait une telle institution ?

— Il y a toujours un champ de bataille quelque part, alors qu'on prétend être en paix, n'est-ce pas ?

— Personne ne respecte la paix, elle ne dure jamais, tu le dis toi-même.

— C'est une première pierre. Ce ne sera jamais fini. Toi, tu peux déclarer un tableau terminé, tu le signes. La paix, même signée, est un chantier perpétuel.

— Mais enfin, tu prétends rapprocher et réunir les pays d'Europe avec ton projet. De nos jours, notre ville d'Amsterdam se tourne plus volontiers vers La Nouvelle-Amsterdam et les côtes africaines nous sont plus proches que Rome. Rassembler l'Europe ? Bon courage !

— Malgré tes gausseries, oui, il faut établir une considération mutuelle.

— Chimère ! Encore une. Regarde les Anglais et les Hollandais. Une deuxième guerre se prépare pour les seuls intérêts du commerce et la suprématie des mers. La deuxième guerre des nations sœurs…

— Collaborer serait bien plus intelligent. Comment un seul pays régirait-il toutes les mers du monde ? On découvre tous les mois de nouvelles îles, baies et fleuves dans des contrées jusque-là inconnues avec des richesses insoupçonnées. Pour chaque cours d'eau, chaque delta, chaque nouveau port, combien de bateaux coulés et combien d'hommes morts ? Le commerce nous est utile tant qu'il reste au service des hommes. Aujourd'hui, c'est une bête agressive et insatiable. Seule une politique commune peut la dompter.

— Tu vas écrire ça au roi de France, celui qui se prend pour le Soleil ?

— C'est exactement ce que je suis en train de faire. Aucun roi n'aura raison tout seul, mais l'Europe dans son ensemble, unie, parlant d'une seule voix devant ce nouveau monde qu'elle a elle-même créé, oui. Si les puissances et les puissants n'acceptent pas de renoncer à leur appétit de pouvoir pour s'entendre, ils perdront tout. Ils refusent de le reconnaître, aussi bien les rois que les parlements. Les sénateurs d'Amsterdam ont ri lors de mon dernier discours à la bibliothèque. Ils viennent d'ailleurs de moins en moins nombreux m'écouter. On veut bien que je parle de Dieu, c'est mon rôle d'évêque, cela les rassure. Mais ils refusent de m'entendre en politique. Vieux et démodé, m'a-t-on dit. Pourtant, c'est moi qui pense à leur futur mieux et plus sûrement qu'eux. Un pied dans la tombe, je vois plus loin qu'eux tous.

« Homère a créé le premier Européen, Ulysse. La parole d'Homère concentre quelque chose de fondamental, le fait est qu'elle soit partout connue, lue et contée dans telle ou telle langue. On se reconnaît dans celui qui cherche son foyer. Exilé ou voyageur, nous chérissons le lieu que nous avons quitté.

« Je devais convertir mon exil en quelque chose de plein. Le désespoir est une drogue délicieuse qui ne se transforme en réelle souffrance que plus tard, quand on est dans des profondeurs dont il est impossible de remonter tout seul. Au début, rien ne pouvait endiguer ma descente. Rien. Pour retrouver la légèreté de mon pas tout en portant le fardeau de tous mes disparus, il m'a fallu transformer ma solitude hantée en solitude habitée. Toi, Rembrandt, tu peux comprendre cela. »

Comenius retourne à sa lettre. J'en profite pour répartir les espaces sur la toile, définir les masses, le centre, la lumière.

Après son discours, il me faut modifier ma palette. Il dispose d'une force tranquille, plus sûre que je l'avais estimée au début. C'est un réformateur acharné ou un doux révolutionnaire qui, malgré sa sagesse et la vivacité de son esprit, ne voit pas le ridicule et l'inutilité de son entreprise. Je ne m'étonne plus qu'il porte attention aux enfants, il en partage la candeur.

J'observe qu'il recopie toujours le texte de sa lettre, au fur et à mesure, une fois qu'il est satisfait de son paragraphe.

« Pourquoi écris-tu deux fois la même lettre ?

— Une vieille habitude. Je garde une copie au cas où, plus tard, je souhaiterais reprendre une idée qui me paraîtrait intéressante à approfondir. Ou pour sauvegarder une belle tournure de phrase. »

Il ment mal. Si, pour une raison ou une autre, il ne me dit pas la vérité, je n'insiste pas. Je retourne devant mon chevalet. La lumière change vite, les nuages sont chargés, les gris produisent des ombres denses et larges, le personnage sur la toile semble soudain petit, ratatiné, tassé par une vie trop lourde à porter. Je vais arranger les toiles de lin aux fenêtres de manière à donner plus d'énergie à mon ébauche et plus de clarté, aussi, pour le travail auquel se livre mon compagnon. Mis à part Cornelia qui de temps en temps se blottit dans un coin pour lire, il est le seul à faire autre chose dans l'atelier que de me servir de modèle ou d'être un client. Même les apprentis n'y demeurent pas. Ils emportent au grenier les toiles à préparer, à finir ou à vernir.

En le fixant sur la toile, j'espère mieux déchiffrer l'énigme qu'est cet homme. Un amoureux sincère de la paix, un fervent combattant contre l'ignorance, un mystique, un esprit éclairé bien plus que tous les savants d'Amsterdam réunis, d'une douceur que n'égalent que sa fermeté et la constance de ses propos. Il est si peu intéressé par l'argent qu'il reverse la moitié de ses revenus, gains et cadeaux de mécènes, à son Église pour qu'elle puisse prendre soin de ses compatriotes dans le besoin, exilés comme lui, éparpillés dans toute l'Europe. Il aide aussi, de la sorte, ceux qui veulent s'embarquer pour le Nouveau Monde. Ce n'est pas de la charité. Je sais tout cela, je sais. Malgré tout, il m'échappe encore.

La première couche maigre est posée sur la toile, les traits de sanguine sont visibles, je peux commencer à bâtir mon sujet. Son portrait.

Je suis tout de même allé voir celui de Jurriaen. Platitude. Sans vie. Comenius a une tête quelconque, n'importe quel bourgeois est affublé d'une tête pareille, bien coiffée, tout propre sur lui. Et même le manteau ! Il lui a peint un manteau de tissus de bonne qualité, avec de la fourrure et des boutons de prix. Alors que celui qui le connaît, ne serait-ce qu'un peu, sait que Comenius ne se défait jamais de son vieux manteau usé jusqu'à la trame, qui lui va si bien. Ovens n'a rien compris à cet homme, il a rempli son devoir pour plaire aux commanditaires. On l'a payé un bon prix qu'on n'ose pas me révéler de peur de susciter ma colère.

On ne trouvera pas deux hommes tels que ce Comenius dans toute la ville ou même dans toutes les Provinces-Unies. Bel esprit démesuré. Il écrit au roi de France comme moi j'écrirais à mon boucher chez qui je n'achète plus ma viande. Bel orgueil !

Et c'est à moi qu'on fait reproche d'une trop grande fierté ? Que me reste-t-il d'autre au monde qu'un peu de fierté ? Elle me maintient en équilibre, comme sur une pointe de pied, comme Amsterdam, bâtie en pierre de taille et surtout en briques rouges posées sur des pilons en bois fragiles, chaque jour plus près de s'enfoncer dans les eaux boueuses des canaux que de s'envoler vers les cieux. Sait-on que de temps en temps, les charpentiers de la ville colportent de terribles nouvelles. Par exemple que le bois sur lequel repose la ville est attaqué par de tout petits vers qui la rongent et qu'un jour ils vont finir par l'anéantir tout entière ? On change des pieux, des poteaux, des pontons sans arrêt. On vérifie aussi la qualité du bois des bateaux, on passe les coques au goudron, on les enfume pour éliminer la plus petite bestiole afin de protéger la cité de toute infection. Peut-on imaginer toute cette splendeur s'engloutir dans la boue ? Toute la gloire de la ville dépend de l'appétit d'un animalcule mal intentionné. La gloire de notre ville dépend du savoir de ses charpentiers. Ma fierté est bien plus fragile. Les bêtes qui s'attaquent à elle sont innombrables et puissantes. Je suis l'architecte, le charpentier et le bâtisseur de mon propre édifice. Je suis seul. Si seul.

Reprenons-nous. Le dossier du fauteuil dépasse l'esquisse des épaules de l'homme sur la toile.

L'homme n'est-il pas plus sincère quand il est orgueilleux ? Il ne cache rien. L'orgueil n'exige point l'assentiment ni l'admiration d'autrui, il se nourrit de lui-même. C'est une forteresse. Je le dis !

La pudeur s'apparente à la fausseté. Sous son voile de bienséance et de modestie, on dissimule hypocritement son ambition et ses véritables envies. La pudeur en appelle à la compassion des autres, elle se prétend du bon côté, celui de la morale, de la sagesse, de la perfection. Et cela pourquoi ? Pour implorer la compréhension, l'admiration. Je préfère la colère, la force et la franchise des sentiments que leur retenue. J'ai faim !

Suis-je égoïste ? Un ogre, un vampire. J'ai aimé, j'ai aimé. Tout l'amour que j'avais à donner, je l'ai partagé du mieux que j'ai pu. Saskia, Hendrickje, même cette folle de Geertje, et même mes enfants, je pense à mes petits morts et à ceux qui ont survécu… Est-ce Dieu que je suis condamné à aimer ?

Faut-il aimer l'infini pour que la vie finie ait un sens ? C'est cela ?

Mon orgueil est immense ; je suis immortel grâce à mon art, oui, tu l'entends bien Comenius. J'aime et vis en homme. Je peux désormais tout dire à mon âge. Écoute, Comenius, courbé devant ta lettre, c'est très important. Si Dieu nous a faits à son image, alors c'est dans la solitude que nous lui ressemblons le plus. Regarde, tu es si seul que tu parles à Dieu et écris au roi.

N'est-ce pas orgueilleux ?

J'enlève le dossier du fauteuil. L'homme va être redressé, il regardera droit devant lui.

Il faut patienter, attendre que la peinture sèche pour que la couche suivante ne se mélange pas avec la précédente plus que je ne le souhaite. Je proclame haut et fort :

« Je ne signerai pas ce tableau, je ne lui donnerai pas de titre. Un apprenti ou un serviteur s'en chargera un jour. Il confiera à celui qui procédera à l'inventaire de mon œuvre : "Un tableau d'un vieillard sans nom, assis dans un fauteuil" ».

Comenius lève la tête, distrait de son affaire :

« Alors personne ne saura que tu en es l'auteur. Et si on attribue ton œuvre à quelqu'un d'autre, et si c'était à un de tes apprentis ? Même mort, tu n'admettrais pas un tel tort fait à ta renommée et un tel affront fait à ton orgueil.

— On me reconnaîtra. Personne ne pourrait confondre la touche de Rembrandt avec celle d'un autre. C'est en cela que ma singularité est admirable, grande et aussi terrible et totale que ton exil. Si j'avais deux ou trois fois plus d'élèves et d'apprentis, tous dotés d'un talent formidable, aucun, tu m'entends, pas un seul d'entre eux ne saurait égaler Rembrandt.

L'art offre cela en récompense à la souffrance qu'il contient. La singularité, l'originalité. Si je ne signe pas une toile, peu importe. Mais toi, Comenius, est-ce qu'on te reconnaîtra ? Et que survivra-t-il de ta pensée ? Que l'apprentissage ne finit jamais ?

— Ce serait une magnifique victoire si on retenait ne serait-ce qu'une idée parmi toutes celles que j'explore.

— Toujours tes enfants, la part d'enfant que nous gardons en nous, c'est ça ? C'est ça. Je ne vais rien t'apprendre. De nos jours, les enfants meurent, petits, tout petits, plus grands aussi. Ils sont faibles, peu survivent, très peu.

— Je parle des miens, des tiens. Les mères les pleurent pour nous, les hommes, démunis devant tant de malheur. Notre statut d'homme nous interdit les sentiments, les émotions. Si l'on savait mieux porter notre attention aux mères, écouter leurs expériences, bien plus d'enfants vivraient plus longtemps. À ton avis, à qui l'homme confie-t-il sa peur de perdre sa femme en couche ou son enfant ? À personne. Quelques-uns, peut-être, se tournent vers Dieu, en prière, en secret. Nous n'obtenons alors aucune réponse. La femme peut pleurer et libérer sa crainte et sa tristesse lors du départ de son mari, de son père ou frère à la guerre. Seul un idiot dénoncerait ses larmes comme une faiblesse.

— Tu es pire que moi. Je me bats avec ma propre solitude, personne ne partage mon fardeau. Mais toi ! Vouloir changer la destinée des gens. Tu les nourris de trop d'espoir, tu les prépares à de cruelles déceptions. Tu entrouvres des portes vers des chemins sans issue. C'est cruel.

— Toute personne instruite refusera de laisser en l'état ce qui peut être amélioré. Tout changera. C'est vital. Regarde, pour moi comme pour toi, l'imprimerie a bouleversé nos vies.

Et les voyages ? Le monde n'est plus le même depuis plus de cent cinquante ans. Il s'est incroyablement agrandi, nos connaissances et nos appétits avec. Ce qu'on considérait comme vrai au siècle dernier se révèle faux aujourd'hui. Nous découvrons l'ampleur de notre ignorance. Nous instruire, c'est boire à la fontaine du savoir. Le partager, c'est l'agrandir et le préciser. Quand on veut ne le garder que pour soi, cela fait germer la guerre. C'est un fait connu de tous : de n'importe quelle expédition, de n'importe quel voyage nous pouvons tirer quelque chose de bénéfique. Et même, la pire des nouvelles nous enseigne quelque chose si nous y sommes attentifs.

— Toujours ta grandiloquence. La peste, elle-même, nous serait bénéfique ?

— La peste aussi. Mais nous ne voulons pas l'entendre. Nos esprits bornés n'y voient qu'un danger mortel. Elle vient d'accabler Amsterdam en faisant plusieurs milliers de victimes. Maintenant elle ravage Londres. Les Anglais accusent les Hollandais de la leur avoir envoyée. L'appât du gain la fait prospérer. Elle a une prédilection pour les quartiers pauvres et mal famés, jamais sains, jamais en ordre. La peste nous enseigne que nous devons être humains, nous entraider. Peu importe le pays, la langue que les gens parlent, quand ils sont ignorants et apeurés, ils se conduisent comme des sauvages, ils clouent les portes des maisons s'ils soupçonnent que s'y trouvent des malades, ils laissent mourir leurs habitants de faim et de soif. D'inhumanité. Nous nous épuisons à chercher de faux coupables plutôt que de vraies solutions pour guérir… Je connais la peste. Elle m'a rendu orphelin de mes parents et j'ai perdu plusieurs de mes sœurs.

« Aujourd'hui, nous vivons dans un étrange siècle où les guerres côtoient l'opulence. Le commerce va bien, les découvertes nous arrivent de tous les coins du monde, nous avons cette vertigineuse impression d'un monde en expansion perpétuelle. L'univers est à notre service. Vieux, nous mourons chaque jour un peu plus vite que le reste du monde.

— Parle pour toi. Mon cœur bat encore, mon docteur me l'a dit.

— Et tu le crois, ton docteur ?

— Je le répète, l'éternité, je la laisse à Dieu. L'immortalité me suffit. Je n'ai pas peur de la mort.

— Tout le monde en a peur. De quoi as-tu peur, Rembrandt ? »

Je ne peux pas me cacher derrière mon pinceau. Comenius devine avec justesse ce que je ne veux vraiment dire.

« Il ne s'agit pas de savoir "de quoi". Mais "pour qui", n'est-ce pas ? » continue-t-il.

Il prononce son nom si doucement, je lui en sais gré :

« Cornelia.

— Ma fille est si jeune. Titus est beau, si beau, si doux, il a tout pris chez Saskia. Est-ce que je t'ai montré ses portraits ? Peint en moine, le visage cerné par une capuche noire, sa blancheur rayonne, il est splendide. C'est un garçon gai, prévenant, mais depuis qu'il est amoureux, son esprit s'est embrouillé. Il ne saurait pas protéger sa sœur. Je ne peux pas mourir tout de suite. Ah, ce fichu médecin avec ses plaisanteries. Depuis quand rire fait-il peur ?

— Depuis toujours, mon cher Rembrandt. Depuis que l'homme a ri pour la première fois.

— Es-tu prêt à rire de ton Dieu ?

— Je suis prêt à rire avec lui. Ma mort sera ce retour à la maison que je ne connaîtrai pas de mon vivant. Dans le moulin de mon père dont la roue tourne et moud le grain.

— Amsterdam t'accueille pourtant bien. »

Son regard bleu transparent s'est assombri, comme s'il regardait à l'intérieur de lui-même, il est reparti vers des contrées inconnues. À l'Est, d'après ce qu'il en a dit. Avec des hivers rigoureux, loin de la mer. Alors je peux partir de mon côté sur les chemins de halage, le long des canaux menant à Leyde. J'ai dessiné ces paysages vides en apparence, un arbre par-ci, quelques oiseaux dans le ciel, une masure par-là. Ils sont intenses, riches. J'aimerais les offrir à Comenius, en réconfort. Ces élans de tendresse brusques, est-ce que je les dois à ce cœur qui bat trop fort ? C'est probable, mes tempes battent aussi en écho, ma main a tremblé lorsque j'ai posé mon pinceau sur la toile. Je ne tremble jamais le pinceau à la main, jamais. Avant ou après, c'est déjà arrivé, mais jamais pendant que je peins. Il ne s'agit que d'un fond noir à enduire, certes, mais il n'est pas d'endroit sur la toile qui ne compte pas, le fond est tout aussi important que le sujet. Tout doit être cohérent. Ma palette de noirs est très vaste, chaque teinte a sa signification, sa profondeur, son épaisseur, sa transparence et sa capacité de prendre et rendre la lumière.

Mon esprit échauffé par le peintre s'égare, balance au bord du labyrinthe de mes souvenirs. Me perdre dans la forêt ne m'a jamais fait autant peur que me perdre dans le monde, c'est pourtant dans la société d'hommes que je voulais vivre. Un jour, il faudrait que je raconte à Rembrandt sur quelles expériences se fondent mes convictions. Il me prend toujours pour un rêveur.

J'ai cru que ma place dans le monde se résumait à faire mon métier de pasteur et de maître d'école dans la petite ville de Fulnek, ou une autre. J'aurais été un instituteur et un pasteur ordinaire, aimé, respecté, mais cette fichue guerre et les circonstances en ont décidé autrement…

Le goût amer de l'exil collé à mon palais, je suis arrivé à Leszno, une ville de la plaine polonaise, dont la famille du comte Leszczynski nous a ouvert les portes. Au fur et à mesure, nous étions presque trente mille protestants tchèques et moraves à y élire domicile. La ville a doublé de volume, et, avant qu'elle ne devienne véritablement prospère, il nous fallait apprendre à cohabiter. Finalement, le travail et la prière se sont avérés être de bons remèdes pour atténuer nos peines. Les enfants, dont beaucoup d'orphelins, étaient forcés de travailler dès l'âge le plus tendre. Pour les adultes, je ne pouvais pas grand-chose que conseiller la prière, et pour cela, ils n'avaient pas besoin de moi. Mais les enfants, les enfants... dans leurs visages amaigris et les regards éplorés, ce sont mes yeux que j'ai vus, je me suis reconnu en eux. Le comte Rafael Leszczynski m'a proposé une église pour les émigrés, j'ai demandé une école.

On se riait de moi, s'occuper des enfants faisait figure de caprice. Je n'ai appris à lire qu'à seize ans, mais je sais que c'est grâce à cela que je peux m'adresser aujourd'hui aux plus puissants de ce monde, leur écrire, alors j'ai laissé l'homme d'Église à la porte de la classe, j'y suis rentré en instituteur. Même le peintre n'aurait trouvé aucun charme à l'ombre sale de la pièce inhospitalière faisant office de classe. Deux cents paires d'yeux de tous âges me fixaient. Les questions, les mêmes pour tous, étaient inscrites dans leurs yeux : « Pourquoi sommes-nous là ? Que peux-tu faire pour nous ? »

Le plus grand champ de bataille était là, devant moi, gravé sur leurs visages d'enfants. Dans certains regards, j'ai vu le futur soldat, mais en tous des victimes, le résultat du terrifiant mélange de haine, de tristesse, de solitude et de l'amour vain et vide de ce qui a été perdu à jamais. C'était le terreau dans lequel poussent les bêtes féroces des guerres futures. Dans leurs yeux, j'ai mesuré l'immensité du travail à accomplir. Leur redonner le goût à la vie, ramener la foi non pas en Dieu, mais dans l'humanité. D'abord la leur, puis celle des autres. Ils allaient m'aider à oublier ma propre douleur, j'allais prendre la leur en charge.

Au début, je ne faisais qu'essuyer les larmes des enfants, pourtant, le sourire naissait quand les mères chantaient, consolaient, parlaient dans leur langue maternelle. Leur innocence était salie, mais pas encore détruite ; appuyée sur le pilier de la langue maternelle, l'école allait être leur havre d'espérance. Je la voulais réparatrice et créatrice. Il me fallait trouver de bons instituteurs qui inciteraient les enfants à fréquenter l'école régulièrement. Combien cela semble simple ! La solution ? Ces maîtres se trouvaient parmi les meilleurs élèves. Les futurs enseignants useraient de leur propre expérience d'élèves.

Il fallait rendre les classes lumineuses, propres, confortables, d'une juste taille. Que l'on puisse regarder chaque élève dans les yeux – je voulais voir chaque visage à tout moment. Suffisamment grandes, aussi, pour faire société, puisque c'est là qu'elle se fait, dans la classe.

Les enfants qui sortaient de mon école apprenaient leur métier avec aisance et même joie, surtout quand ils pouvaient le choisir selon leur goût et leurs capacités, et pas selon la volonté de leur père. Notre état d'exilé, commun à tous, aidait singulièrement à accepter ce qui ne l'aurait pas été dans une autre situation. Dans tous les cas, je dus tenir compte de la nouvelle donne : faire comprendre aux parents la nécessité pour leurs enfants d'accéder à une liberté choisie. Difficile de convaincre les adultes que ce n'était pas leur ôter le pouvoir sur leurs enfants, qu'ils considéraient comme leur propriété. Puis tout ce travail d'écriture… il fallait noter, consigner les expériences, en faire des règles si elles convenaient. Tout démontrer, classer, traduire. Cette expérience à Leszno, et c'est encore aujourd'hui insupportable de l'avouer, a été bénéfique dans mes réflexions. Pour un peu je remercierai la guerre pour les progrès dans mes réflexions !

J'ai maintes fois posé la première pierre de mes écoles, plusieurs fois j'ai préparé des classes et dans différents pays. Et chaque fois, la même histoire s'est répétée. À peine installé, l'autre accourt à grandes enjambée, mon ennemie depuis toujours et que rien n'arrête, auquel rien ne résiste. La guerre. Combien de bâtiments destinés aux enfants ont fini réduits en caserne ?

Leur rire était la clé qui ouvrait leur esprit. Une fois la porte de leur confiance et de leur attention ouverte, je pouvais enseigner tout à tous et, en s'inspirant de la nature, par tous les moyens possibles, mais sans violence : *omnes omnia omnino.*

Toute notre vie est faite pour s'instruire, y compris pour se préparer à mourir. Penser l'immortalité nous aide à trouver un sens à notre vie, en lui donnant la dimension qui dépasse notre courte existence ici-bas. Le peintre comprend cela. J'avais pensé la structure, mais comment savoir si j'ai bien pensé ?

Oui, on riait de moi quand je m'occupais des enfants, mais heureusement, ma deuxième femme, Dorota était à mes côtés. Et mes enfants, mon sang. D'abord Dorota, Alžběta. Et d'autres, adoptés et parmi eux, Peter Figulus, mon petit orphelin d'une famille protestante de Jablonec. Il s'est montré très doué pendant ses études. Maintenant, il est professeur et vient d'être confirmé par le synode de notre Église des Frères moraves unis en tant que mon successeur au poste d'évêque après ma mort. L'Église va être entre de bonnes mains, elle vivra.

Si Peter est une bénédiction et une évidence, ce sont les lettres de Suzana qui me rassurent. Elle y décrit le rire des enfants, leur soif du savoir que moi-même j'ai vue dans leurs yeux, et son plaisir à elle d'être avec eux, vivre pour eux. Le rire et la curiosité de l'enfant sont la récompense suprême, me dit-elle. On ne court pas après la récompense pour elle-même, mais parce qu'elle confirme la justesse de notre action.

Enfin, que de chemin parcouru avec Peter, et que les années et les pensées ont filé… Enthousiaste et excellent traducteur, il était de tous mes voyages et de tous mes séjours, toujours sur la route. Et d'abord lors de mon premier voyage en Angleterre en 1641, où mon ami John Dury faisait circuler mes idées dans ses propres écrits. Son impatience était touchante. John et Samuel Hartlib ont précipité ma venue à Londres. L'idée d'une société des savoirs partagés, mon rêve de pansophie a bien failli se réaliser. En quelques mois nous avons rencontré tout ce que Londres comptait de philosophes et de savants. Malgré tout, c'était trop tard. La guerre, encore elle, civile celle-là, a fait son irruption. Londres ne pensait plus, l'Angleterre se battait contre les Anglais. On décapitait un roi pour expérimenter une autre manière de gouverner, très bien, mais ce fut au prix du sang fraternel. Comme un pansement sur cette blessure, la Royal Society of Science a été fondée en 1660 sur les bases que nous avons établies à ce moment-là. C'est bien la preuve que la correspondance entre les savants continue malgré les guerres de toutes sortes qui ralentissent nos lettres, nous privent de nous rencontrer, entravent l'échange de nos pensées, mais ne les arrêtent pas.

L'année suivante, en 1642, m'est parvenue l'invitation à diriger le collège de Harvard. C'était séduisant, tout était à faire et on me proposait des moyens, importants, mais moi, habité par l'espoir du retour, je ne pouvais accepter de ne jamais revoir ma terre natale. Assorti de mon refus, j'ai envoyé mes conseils et mes ouvrages à ce tout nouveau collège.

Cette invitation d'outre-Atlantique était arrivée pratiquement en même temps que celle du cardinal Richelieu. Un cardinal qui sollicite un pasteur pour fonder un système scolaire en France, c'était inouï. Tout cardinal qu'il fût, Richelieu était d'abord un homme d'État soucieux des prérogatives de celui-ci. Il craignait que les différents ordres religieux prennent trop de pouvoir. Lors de notre échange épistolaire, je me sentais étrangement proche de cet homme. On s'accordait sur le fait que l'éducation devait être une affaire d'État, on partageait la méfiance envers la maison d'Espagne, envers la famille Habsbourg. Je savais que pendant la guerre de Trente Ans, il avait fait alliance avec les protestants suédois. Il avait longuement préparé la paix signée en Westphalie, en grande partie lors de négociations quasi secrètes avec Grotius, un bon calviniste d'Amsterdam. Et lui, l'homme rouge, les pourchassait dans son propre pays ! La politique est ainsi... Finalement, c'est mon ami fidèle Joachim Hübner qui est parti à Paris à ma place. Hélas, Richelieu mourut à la fin de cette année-là et avec lui le projet de refondation du système scolaire français. La France eut d'autres soucis et moi, entre-temps, je suis parti en Suède. La foi protestante partagée et la proximité géographique ont gagné. En plus, avec le soutien de Louis de Geer, Axel Oxenstierna, chancelier du roi Gustav II Adolphe et régent de la future reine Christine de Suède, m'a commandé mes œuvres sur la réforme des écoles et des manuels pour les enfants. La reine m'appréciait. Lors de notre entrevue, elle m'a dit avoir appris le latin à l'aide de mon manuel. Sensible à son compliment, je n'avais aucune raison de douter de sa parole.

Avec son soutien et celui de Laurens de Geer, j'ai pu vivre et travailler à Elbing, en Pologne, pendant six ans, dans l'espoir que la paix se concrétise bientôt. La Moravie n'était pas si loin. La paix fut signée, mon pays a cessé d'exister, avalé par l'Empire des Habsbourg. Suzana et Daniel, mes deux derniers enfants y sont nés, leur mère, Dorota, ma chère deuxième femme y est morte. Reparti à Leszno, avant d'en être chassé au bout de deux ans, arrivé à Amsterdam…

« Je vis dans plusieurs lieux, mais je ne suis nulle part chez moi, dis-je en conclusion à mes réflexions, Rembrandt ne s'en étonne pas.

— Toi, qui as voyagé un peu partout, connais-tu les paysages autour de Leyde, ma ville natale ? me demande-t-il.

— J'ai visité Leyde, son université.

— J'y ai étudié quelques mois. Tu as vu les moulins à vent ?

— J'ai dû passer par Amsterdam en 1642, pour régler des affaires avec le gestionnaire de Louis de Geer. Par l'entremise d'amis, j'ai été invité au château d'Endegeest, près de Leyde, par Descartes, qui y logeait. Grâce à l'héritage de son père, il avait pu s'y retirer pour travailler.

— Je te parle des moulins.

— Descartes et moi, nous ne nous sommes rencontrés qu'une fois. Nous nous sommes entretenus longuement, pendant plusieurs heures.

— Et alors ?

— Tout comme à mes accompagnateurs de l'époque, je te répondrai que son vin était bon. Mais je n'ai pas bu assez de verres pour que nous devenions de proches amis.

— Ton austérité te perdra.

— C'était moi le plus fou, le plus fougueux de nous deux.

— Difficile à imaginer. Mais Descartes est mort, tu es vivant.

— Descartes et ses idées sont à la mode. Il ne voit le monde qu'au travers de l'entendement. Rien que l'entendement. Et de la révélation ? La révélation est aussi précieuse que la raison. Nous savons des choses auxquelles notre entendement ne peut rien, sur lesquelles il n'a pas de prise. Descartes sépare la foi de la raison, moi je les prétends inséparables. Il n'a jamais douté, ce qui le pousse à se revendiquer raisonnable. De naissance catholique, jamais rien n'a remis sa foi en question, en tout cas rien qui l'oblige à se débattre avec le nœud gordien, tragique, fondamental. Son roi, comme son Dieu, son pays, ses immuables piliers. Dans ces conditions, il est facile de bâtir son œuvre, détaché du monde immédiat, en observateur. Au passage, je te prie de noter qu'aux Pays-Bas, sa liberté de mouvement fut totale, sa confession ne lui a jamais été reprochée. Sans contester l'ordre et son roi, c'est ici, dans une république, qu'il exerçait librement sa pensée.

« J'ai dû apprendre la tolérance, à écouter les arguments de la discorde émanant des uns et des autres, et seulement après à chercher une issue. Voilà pourquoi, je te le redis, il est impératif de créer des institutions suffisamment puissantes pour développer et cultiver une harmonie universelle qui transcende la sagesse individuelle et garantisse la liberté individuelle si chère à Descartes. On m'a rapporté qu'il avait entretenu une correspondance avec Élisabeth de Bohème. La fille d'un roi protestant et d'une mère anglicane correspondait avec le philosophe catholique qui a passé à Prague plus de temps que moi. Il est fort probable que ses pensées séduiront le monde, je veux dire le monde entier. J'ai écrit un court ouvrage sur cette rencontre. Je vais le développer. Il faut que je mette mes idées en ordre, il reste tellement à faire, Rembrandt. Mais tu as raison, le temps va finir par nous manquer. Moi qui croyais être prêt à mourir depuis des décennies, je vais prier pour avoir encore quelques années à ma disposition.

— Le temps. Les savants se préoccupent du temps qui passe, les théologiens, comme toi, également. Tout le monde est obsédé par le temps. Moi aussi, sur ma toile et dans mon quotidien. J'y suis obligé par la lumière de l'instant qui change sans cesse et qui seule compte aux yeux du peintre. »

On entend la porte de la maison qui claque, un bruit dans l'entrée, des voix. Jeunes, énergiques, excitées.

« C'est Titus. Les parents de Magdalena Van Loo ont dû accepter les fiançailles. Titus sera bientôt un homme marié. Bien, bien. Je devrais être content pour lui. Il va continuer à s'occuper de mes affaires, et c'est bien cela que ses futurs beaux-parents espèrent, puisqu'ils supposent des trésors cachés dans la maison Van Rijn. Titus a l'air d'apprécier vraiment cette jeune femme.

— Ta fille, où en est-elle de sa lecture de l'*Orbis pictus* ?

— Je n'en ai aucune idée. Tu souhaites récupérer ton livre ?

— C'est un cadeau. Qu'elle en poursuive l'étude. Ensuite, nous lui proposerons autre chose. Il faut qu'elle aille à l'école. C'est une fille vive, curieuse.

— Tu lui mets de mauvaises idées en tête. Elle saura assez lire, écrire et compter pour s'occuper un jour de son ménage comme il se doit. Quant à moi, il faut que je peigne pour qu'elle puisse trouver un bon parti, puisqu'elle-même n'en est pas un. Sa dot, c'est d'être ma fille.

— Pourquoi ne pas lui laisser le choix ? L'encyclopédie est un bon début. Mais il existe aussi des livres qui ressemblent à des arbres pleins de branches, parfaitement conçus, expliquant bien des choses.

— Encombre ma fille avec tes idées, elle n'en sera que malheureuse.

— Inspirons-nous de la nature, observons-la, elle peut servir de guide. L'oisillon n'est pas jeté du nid avant d'avoir la possibilité de voler, n'est-ce pas ? Toi, Rembrandt, tu sais ce que c'est que regarder. Lorsqu'elle sera prête à prendre son envol, ne lui coupe pas les ailes sous prétexte que cela ne t'arrange pas.

— Le temps nous manque à tous les deux ; à elle tout comme à moi.

— Faute de temps, il reste beaucoup de questions à résoudre, certes. Mais aussi faute de se les être posées. Te demandes-tu parfois : "Suis-je un bon père ?" Ou bien : "Quand devient-on père ?" Est-ce à la naissance de l'enfant ou quand il nous tient pour la première fois le doigt avec une force insoupçonnée chez un être si fragile ? Est-ce quand il nous sourit ? Quand l'enfant nous appelle pour la première fois "père" ? Quand il pose pour la première fois la question "Pourquoi ?" et attend une vraie réponse ?

— Jamais en ces termes. D'ailleurs, est-ce que Dieu se les pose ?

— Pourquoi le ferait-il ? Il est parfait. C'est notre imperfection qui nous y oblige. Enfin, toi, tu penses que tu as déjà atteint la perfection. Ton orgueil est bien plus grand que le mien, je ne fais qu'écrire au roi. »

Ma fille Cornelia rentre dans l'atelier avec une bougie éclairée, elle en allume d'autres, préparées par ses soins. On mesure alors que la journée touche vraiment à sa fin. Je sais que je peux peindre dans la semi-obscurité, il suffit d'avoir la lumière et le sujet bien à l'esprit, mais lui, peut-il écrire à l'aveugle ?

Comenius ajuste son manteau sur ses épaules, demande le bras de ma fille pour se lever du siège, hésite sur la direction à prendre. Je le vois très attiré par la toile dont il ne peut rien discerner de là où il se trouve. Il lui faudrait faire plusieurs pas. De petits pas, mais certains pas sont plus importants que d'autres. Le temps de son hésitation. Et celui de la mienne. Je n'ai pas fait le geste par lequel parfois, quand j'estime que mon travail du jour ou mon modèle, ou bien les deux méritent récompense, j'offre un regard en guise d'au revoir. Il a serré le bras de Cornelia et se dirige vers la porte de sortie.

« Père !

— Cornelia ? Il est parti ?

— Il a de plus en plus de mal à descendre l'escalier. Il faudra renforcer la main courante.

— Je suis sûr qu'il préférera toujours ton bras à une main courante.

— Alors vous l'aimez bien ? Pourquoi êtes-vous méchant avec lui ? Vous ne lui avez pas montré votre travail. Mis à part le docteur qui vous ausculte et apaise les maux de votre corps, il est le seul qui vous écoute.

— Bien mieux que tous les confesseurs qu'il m'a été donné de rencontrer dans ma jeunesse. Je ne pouvais pas le lui montrer.

— Il est si aimable.

— Beaucoup trop ma fille, beaucoup trop.

— Ne le raillez pas, père ! Vous auriez dû lui montrer. Ou alors… Vous n'êtes pas satisfait de votre travail ?

— Il me résiste. Je n'ai toujours pas la clé de son âme. Ce brave Jurriaen Ovens ne pouvait pas faire un bon portrait de lui si moi je ne réussis pas. »

Ma fille est, ces derniers temps, la seule à suivre mon travail du début jusqu'à la fin. Elle dit sans retenue ce qu'elle pense, je dois avouer que son regard franc d'enfant ne manque pas de justesse. Elle trouve beau mon vieux dans le fauteuil. Je ne veux pas qu'il soit beau. C'est trop facile. Je suis hors du champ de la beauté et de la laideur, Comenius aussi, lui est au-delà de la bonté, de la morale. Il n'est pas bon, il aspire à être juste, vrai. Nous avons cela en commun. Lui, il manie la pensée, les idées, les mots. Moi, la matière. De la boue j'extrais l'humain, qu'on ne me dise pas que je n'approche pas de Dieu…

« Père ?

— Qu'y a-t-il encore ?

— Pensez-vous que Comenius va revenir ?

— Cornelia, approche. »

Ma fille se tient droite devant moi. Je sens son léger tremblement. D'habitude, elle ne craint pas ma force et supporte mes colères, passagères ou profondes, avec sérénité. Aujourd'hui, j'aurais aimé lui dire que si quelqu'un voit comment son corps change, c'est bien moi. Un père peut-il confier à sa fille qu'il comprend qu'elle est devenue une femme ?

Cornelia, je sais qu'il y a des nuits où tu ne dors pas, où tes pensées empruntent des directions dangereuses, inconnues. Tu grandis et je ne te suis d'aucun soutien. Je ne peux pas. Je suis seulement ton père, un vieil homme démuni devant tant de jeunesse, une jeunesse que je n'ignore pas pour l'avoir moi-même vécue, mais que cela est loin.

Je ne t'ai jamais dit la vérité sur la douleur, ta douleur, tes douleurs. Toutes me sont insupportables, même la plus insignifiante. Tu te souviens combien j'ai crié quand tu t'es entaillé le doigt avec le bord d'une feuille de papier ? Ce n'était pas parce que tu avais souillé la blancheur de la page, mais parce que j'avais vu des gouttes de ton sang couler. J'ai eu peur.

Cette feuille, imprégnée de quelques perles sanguines, je l'ai mise de côté. Plus tard, elle m'a servi pour un dessin à la plume d'une enfant jouant avec un chat. Il est dans ce portefeuille en cuir tanné, avec les autres dessins et lavis que j'estime : d'abord, Saskia après les couches, dans notre grand lit, sous le baldaquin. La fatigue et le bonheur y sont palpables. Ensuite, le portrait de l'enfant endormi, mon beau Titus, un garçonnet aux cheveux bouclés, et puis Hendrickje nue et endormie. Tu vois, je suis un voleur de rêves. Une autre Hendrickje, cette fois à la fenêtre, et le dessin où tu dors dans ton berceau alors que ta mère se repose après t'avoir donné le sein, puis d'autres études réussies et plusieurs de mes autoportraits à différentes époques. Je voudrais que tu gardes ce portefeuille. Je te le dirai le moment venu.

J'aimerais adoucir toutes tes incertitudes et douleurs. Mais comment le dire ? Je suis un homme de l'image. Comenius le pourrait-il ? Lui possède la science de la parole.

Je l'aime pour ce qu'il dit des enfants. Pour l'image d'ange qu'il leur attribue et qu'il souhaite préserver. Il l'a dit et il l'a écrit. Il m'a offert la liberté de t'aimer, de m'avouer que j'aimais être père et de réaliser quelle énorme tâche cela représente. Il m'a permis de pleurer ma tristesse de la mort de chacun de mes enfants, mon premier fils, mes deux petites filles, alors que la douleur de leur mère me restait jusque-là incompréhensible. À travers le dessin, peut-être…

À y penser, si moi j'ai créé l'homme vrai, dans sa nudité et sa crudité dans mes portraits, Comenius a conçu l'enfant dans toute sa grandeur et sa fragilité. Il l'a écrit, décrit. Il faut être courageux pour affirmer cela.

Et que dit-il encore ? Que la douleur est la chose la mieux partagée. Voilà l'homme. La douleur. Les joies sont toutes différentes, mais la perte d'un être cher est incompréhensible et douloureuse pour tous.

Notre vie est jalonnée de morts, celle de nos proches. En attendant la sienne, l'homme se dresse contre son destin. L'attendre debout. Et parfois aller au-devant. Sinon, nous ne serions que de misérables vers de terre rampant dans l'obscurité. J'accepte la mort et je la défie, puisque je crois en mon immortalité. Je sais peindre. Par mon orgueil démesuré et par ma peinture, je maintiens les hommes, les femmes et les enfants debout, le regard ferme, comme aime bien le dire Comenius. En cela ma solitude est incommensurable mais pas vide. Il l'a compris. Aujourd'hui, nous avons bien ri.

La solitude prend des couleurs variées. Au début de ma vie, ma solitude était pleine d'étonnement. Plus tard, elle était riche de ma réussite, puis emplie de l'amour de Saskia. Ensuite la colère a pris le relais, maintenant… c'est le doute qui m'habite. Le doute. Le début de la sagesse.

J'aurais aimé te dire, ma fille, que Comenius est pieux, sage et qu'il prie bien. Mais ce n'est pas tout. Lui, au-delà de Dieu et de la perfection, il croit en l'homme et en ses faiblesses qu'il peut corriger, que nous le pouvons tous, seuls ou ensemble. Il a créé un « système » pour y parvenir. Ce qui l'intéresse, c'est toi, moi, nos voisins, les gens. Tous. En cela, il est seul aussi.

Il m'a rendu à moi-même en me donnant mon pilon dans ma main, celui-là même avec lequel tu broies les pigments.

J'aurais aimé te dire cela, Cornelia, je l'aurais aimé.

J'aimerais qu'il revienne demain, après-demain, les jours suivants. Qu'il revienne jour après jour chez moi, qu'il soit là pour toi, pour moi, qu'il s'asseye devant son écritoire, dans mon siège, ce siège qu'il trouve si confortable pour son dos.

Cornelia, tu en serais heureuse. Tu t'impatienterais devant la porte d'entrée quand approcherait l'heure de son arrivée. Puis, le temps qu'il monte l'escalier, lentement, tu lui raconterais les mille détails de ta matinée. Je n'aurais jamais cru qu'un homme de son âge trouve un intérêt à écouter ce qui se passe dans la vie d'une jeune fille. Et vice versa. Pourtant, c'est le cas. Il monterait l'escalier de plus en plus lentement, alors que je l'attendrais, moi aussi.

Il prendrait sa place, il vérifierait ses plumes, que tu aurais nettoyées et éventuellement ajustées le matin même, il en choisirait une en tâtant sa pointe du bout des doigts. Ce n'est pas le geste sophistiqué ni même élégant d'un lettré, mais celui d'un artisan qui évalue et connaît son outil.

De sa manche il sortirait le courrier du jour, ou bien reprendrait les feuillets sur lesquels il travaillait la veille. Une fois prêt à se mettre à son ouvrage, il me saluerait d'un hochement de tête. Pas de mots superflus, j'apprécie. Comme ces derniers jours où le soleil a été généreux, il faudrait repositionner les toiles sur les fenêtres, il patienterait jusqu'à ce que je sois satisfait. Mon ouvrage exige de la précision. Je n'ai pas réussi à saisir son essence. J'ai vraiment besoin de lui pour finir son portrait.

Il est trop fatigué, il ne reviendra pas.

Tu vois, ma fille, même en mon for intérieur, je ne sais pas te parler en père.

Cornelia tient la bougie devant le tableau, le visage du vieux, les yeux noirs, barbe hirsute nous dévisage, et nous le lui rendons bien.

« Pensez-vous qu'il a le regard si sombre ?

— C'est une question d'éclairage. Il faut voir demain matin.

— Père..., Rembrandt, tu dis toi-même que la lumière est présente dans le tableau, émane de son sujet même dans l'obscurité. Il est lumineux, non ?

— Oui. Je dois encore accentuer sa lumière. Demain. »

Elle a l'œil. Et j'ai du travail pour demain matin. Pas de promenade recommandée par mon médecin. Cela me convient.

« Va, ma fille, fais porter chez lui ses affaires qu'il a laissées sur la table. Il en aura encore grandement besoin, sa lettre au roi n'est pas terminée. Assure-toi que rien ne manque et ajoute la dernière rame de papier japonais. Il devrait en faire bon usage.

— Oh, père, oui, avec plaisir.

— Et dis-lui bien que je ne signerai pas le tableau. »

TU ES LE PREMIER

1669

Je vais chez Rembrandt. Je ne suis pas retourné rue Rozengracht depuis bien longtemps. Mes excuses ? Le quotidien, mon âge, ma santé. Tout cela me ralentit considérablement. Je voudrais savoir s'il a achevé mon portrait, et s'il l'a signé.

La fine pluie me pousse à accélérer le pas. J'y vais aussi vite qu'il m'est possible de marcher.

Je m'accorde quelques instants de répit. Ma respiration s'apaise, ma tête ne tourne plus. Un bateau chargé de marchandises passe. On hèle depuis son bord, on exige une place sur le canal. Plusieurs embarcations de différents gabarits se croisent, les rames s'entrechoquent. Sur le quai, les hommes s'excitent, les femmes marchandent le prix de denrées de toutes sortes avec des commerçants, les poules caquettent, les enfants courent, les chevaux, qu'ils tirent des charrettes ou non, hennissent, les chiens jappent à leur passage, la vie. J'avais presque oublié. Seuls les chats cherchent en silence l'abri pour se protéger de la pluie fine et serrée qui tombe depuis ce matin. De nouveau, j'écoute l'eau clapoter contre les berges en pierre. Dieu est un musicien.

Amsterdam, lors de ma première visite, n'était qu'une petite ville en train de déployer ses ailes jusqu'à doubler son envergure. Elle résonnait de mille bruits montant de mille chantiers, de l'aube jusqu'au coucher du soleil, rivalisant avec le son des cloches.

On enfonçait, à coups de marteau de grande taille, des pieux faits de troncs d'arbres bien droits, importés de Norvège. Le ballet des bateaux sur la mer nourrissait de leur cargaison les constructions dans le delta du Rhin. On avait dessiné les plans de la ville, des canaux, des parcelles à bâtir, on avait décidé de leur affectation – habitations, commerces, ateliers, églises –, on brodait sur l'eau. Amsterdam est une dentelle ou un labyrinthe aquatique.

En un demi-siècle, elle est devenue la ville la plus riche, libérale et aventurière du continent. Belle, exigeante et accueillante, elle a su ouvrir ses portes à tous, libérer le commerce, faire miroiter le succès et la richesse à tout le monde. Ce sera aussi sa perte, le monde tourne ainsi désormais, plus vite que jamais auparavant.

Mes jeunes collaborateurs se moquent de moi, me traitent de mauvais prophète aux pensées ténébreuses, de vieux mystique qui se trompe souvent. Ils rient dans le brouhaha des machines de l'imprimerie. Dans leur vacarme, je me tais et je continue d'écrire.

Est-ce que je me souviens des sons du moulin de mon père, de la musique de l'eau, qui courait par le canal d'amenée et prodiguait sa vigueur à la roue ?

Sur notre moulin, qui épousait merveilleusement le paysage, j'ai tout appris. En marche, c'était un chœur de voix toutes différentes, un orchestre dont le rythme s'harmonisait sous la baguette de l'eau. Moudre le grain pour nourrir les hommes. Ajuster les pierres pour que la farine soit d'excellente qualité. Régler les rouages. Doser la quantité d'eau. Un bon moulin joue de la bonne musique. L'oreille est le guide. Puis, le bout des doigts, quand on teste la finesse de la farine. Tout doit être au diapason.

Soudain, le doute enserre ma poitrine : ces souvenirs, est-ce que ce sont les miens ?

Avec certitude, j'entends le silence à la mort de ma mère. Le moulin s'était arrêté. La tendresse a cessé d'exister pour moi. J'avais huit ans. Est-ce que ma mère m'appelait Jan, ou par le diminutif de mon premier prénom, Janicek ? Je ne sais plus. Son visage, ses mains, sa voix, le temps m'a tout volé, tout d'elle. Tout sauf l'évidence que j'avais une mère, et la conviction qu'elle m'aimait.

Un moulin ne peut pas se taire longtemps. Il fallait seconder mon père. Et prier. Je ne sais pas si j'ai été meilleur en prière ou en apprenti meunier. Mon père est mort quatre ans plus tard. Parti chez ma tante dans la ville de Strážnice, je n'ai plus entendu chanter notre moulin. Mon père et son moulin se confondent.

L'homme qui broie le grain pour le rendre comestible.

L'homme qui a construit une ingénieuse machine pour transformer ce que la nature lui offre, pour se nourrir. *Homo sapiens faber*.

Je suis en route vers Rembrandt. Mes morts me rejoignent.

Notre âme se creuse et dans ses dédales profonds nous cachons nos deuils. Comment se consoler de la mort d'un être aimé ? En en aimant un autre ? Oh, que non.

Les morts qui me font le plus mal sont ceux que je n'ai pas pu voir partir. Magdalena, ma première femme. Éternellement jeune. Mes enfants. Éternellement enfants. Je ne les ai pas vus morts, je n'ai pas pu serrer leur pauvre corps une dernière fois dans mes bras. Alors, pendant longtemps, perdura un infime filet d'espérance qu'un jour ils réapparaîtraient.

Mon enfant, mon dernier-né, je ne l'ai jamais vu. Jusqu'à ce jour, je ne sais pas si c'était un garçon ou une fille. On n'a pas su me dire. La peste ne laissait le temps à personne de se renseigner. Ce tout petit humain est parti sans que nous nous connaissions, sans qu'il sache qu'il avait un père, même si, et j'en suis certain, Magdalena lui a parlé de moi. Je n'étais pas là.

Je n'ai pas à pardonner à Dieu de m'avoir enlevé ma mère, mon père, mes sœurs, mes femmes, mes enfants, mon pays. Tout cela est l'œuvre des hommes. Dieu, je le vois à présent, à l'orée de ma propre mort, ne me console pas.

Je suis jeune père, heureux de l'arrivée prochaine de mon deuxième enfant, mais mon pays meurt, on est en novembre 1620, la guerre commence, frappe cruellement avec l'exécution de nos nobles et savants en juin de l'année suivante. Et l'année d'après, Charles de Žerotín m'accueille en homme traqué dans son domaine, j'apprends chez lui l'interdiction de notre Église, la peste en Moravie. Pour moi, la seule porte de sortie, c'est l'exil.

Non, je n'étais pas là quand ma première famille affrontait la mort. Et je suis certain que Dieu non plus, n'y était pas. Non, je ne blasphème pas. La mort est en cela terrible qu'on doit l'affronter seul. Dieu est ailleurs et face à soi, on est seul.

De loin, j'ai écrit une lettre à Magdalena. Je l'ai intitulée « Les réflexions sur la perfection ». La lettre… j'ai envoyé une lettre à une morte. Je ne savais pas. Elle devait nous réunir, nous encourager à tenir, le temps de notre séparation. J'ai fait deux copies identiques pour pouvoir, malgré notre éloignement, la lire en même temps qu'elle, avec elle. Et je l'ai lue, en ne pensant qu'à elle. Je la lis toujours ainsi. Magdalena semble moins morte. Elle reste vivante par la grâce de cette lettre qu'elle n'a jamais reçue et que je connais par cœur. Depuis, je fais une copie de chacune de mes lettres. Et comment pleure-t-on un enfant, son enfant inconnu ? En donnant son amour à tous les autres enfants, les siens ou non. Oui, en les aimant tous.

Ma deuxième femme Dorota m'a donné trois merveilleuses filles, Dorota Marie, Alžběta et Suzana, et mon fils Daniel, nous avons ouvert notre foyer aux autres, à Christina, à Peter. Ma famille vit. Mais cette question m'obsède : quel père aurais-je été pour mes premiers enfants, moi, jeune homme plein d'espoir, de force, de joie ? Pour mes filles et mon fils, j'ai été celui qui connaissait déjà la peur et la douleur de la perte d'un enfant, contre laquelle il faut se battre constamment. Ne pas faiblir. C'est vital.

De la mort de mon pays, je suis inconsolable.

Est-ce que ma langue maternelle, le tchèque, va aussi mourir ? La seule possibilité de survie de toute langue est la cohabitation respectueuse avec les autres, son enseignement permanent et qu'elle soit traduite. J'espère en avoir fait assez pour la mienne de mon vivant.

J'ai assez soufflé, il faut se remettre en route. Je connais bien le chemin de la maison de Rembrandt. J'aime aller dans cette maison. Moi, qui loge ici ou là, qui n'ai pas de véritable maison, je sais en reconnaître une. Il faut que je le lui dise. Ma troisième femme, ma chère Jana, n'y est pour rien et je sais qu'elle me pardonne cette pensée. Elle est aussi la fille d'un émigré et elle comprend ce que je veux dire. Nomade par la force des choses, on détecte celles et ceux qui se sont ancrés. Rembrandt est ancré dans les eaux du Rhin et encré par son encre à lavis. Ne pas oublier de lui dire ça, il aime tant les jeux de mots.

J'avance sur les pavés glissants et mouillés d'Amsterdam. Dans cette ville, le sol ne sèche jamais. Rembrandt dit qu'elle rend sa peinture plus fluide. Elle l'empêche de se figer, de sécher, de mourir.

Ce n'est pas le moment de tomber. J'ai entendu dire que Rembrandt a de nouveau des créanciers à sa porte. Il semblerait qu'on ait emporté quelques tableaux contre sa volonté, on en parlait à la bibliothèque, à Westerkerk, dans mon imprimerie. On peut le comprendre. Avoir un Rembrandt chez soi… s'il m'entendait.

Je traîne la patte. Le souffle court et en équilibre précaire, je crains la foule. De plus en plus courbé, il m'est difficile de voir au-dessus de la chaussée et ce qui se passe autour de moi. La solution, ce sont les petits pas. Rester attentif. Concentré. Petits pas et phrases courtes. Ne pas approcher le bord du canal. Je ne voudrais pas mourir noyé. Mon manteau, beaucoup trop lourd, me tirerait vers le fond et à toute vitesse. Les gens n'auraient pas le temps de réagir. Un mort de plus ou de moins. Et puis, je suis vieux.

Ma vie a été longue si on la mesure au nombre de morts que j'ai pleurés. J'ai beaucoup trop pleuré. Les hommes rendent la vie cruelle. Pourquoi ? Toute ma vie, j'ai essayé de comprendre. J'essaie encore. Il me semble parfois que Rembrandt a la réponse.

Je frappe à la porte d'entrée de Rembrandt. Deux fois. On ne m'attend pas, je suis venu sans prévenir. Un jeune homme ouvre la porte, s'en écarte, me laisse rentrer.

« Tu es le premier, me dit Cornelia d'une voix terne. Je te présente Cornelis Van Suythof, un élève de Rembrandt. L'un des derniers. On s'apprêtait à aller chez les Van Loo, Titus et Madeleine y ont déménagé à la naissance de leur petite-fille, Titia. Elle n'a pas fêté son premier anniversaire, et déjà… enfin… »

Cornelia s'accroche à moi dans un flot de paroles, elle prend mes mains. Fatigué, j'aimerais m'asseoir, mais Cornelia ne me laisse pas de répit, les mots coulent comme un ruisseau au printemps :

« C'est aimable à toi de venir, cela fait longtemps, n'est-ce pas ? Si tu es venu chercher ton portrait, je dois te décevoir. L'année dernière, un Italien est venu visiter notre atelier. Cosme, troisième de ce nom, se présenta-t-il, Cosme III de Médicis. Très fier, bien habillé, précieux, mais sincèrement intéressé par les arts en général. En matière de peinture, il cherchait surtout des motifs fleuris. Rembrandt se moquait de lui, de cette nouvelle mode et de l'intérêt subit pour les tableaux minutieux, bien finis, tout en détail, lui qui manie la peinture comme de la pâte à pain. Dans l'atelier il n'y avait pas grand-chose à lui proposer. Ce Cosme est tout de même parti avec quelques tableaux, ton portrait a fait partie du lot.

— Donc mon portrait était fini. Était-il beau ?

— Beau ? Je ne pense pas.

— Ah. Bien évidemment, un vieillard dans un fauteuil, comment pourrait-ce être beau ?

— C'est exactement ce qu'il a dit, un vieillard dans son fauteuil. Sans signature et sans titre. De ton portrait, il n'était pas content. Il ne pouvait pas le signer.

— Mais il l'a vendu. En Italie, de surcroît.

— C'est Titus qui a mené les négociations. Rembrandt n'y pouvait rien. Nous avions besoin d'argent.

— C'est ainsi que cela se termine ? Un vieux protestant fatigué dans son fauteuil, peint par un peintre vieillissant est parti en Italie.

— Sans signature, il ne l'a pas vendu cher. Rembrandt était fâché, très en colère contre Titus. Il l'a chassé pour avoir vendu ton tableau. Nous ignorions qu'il ne le fallait pas. Toi, tu savais ? Ce portrait ne nous a certainement pas permis de subsister bien longtemps, je ne sais plus. Heureusement que le docteur ne demande pas son dû. Ne t'en fais pas, Comenius, ce n'est pas ta faute. L'argent lui a toujours brûlé les doigts. À peine vendait-il une toile qu'il dépensait l'argent de la suivante. Parfois en payant ses dettes, le plus souvent en en contractant de nouvelles. Les pigments, des ingrédients de la meilleure qualité sont gourmands en or et en argent, même si sa palette était de plus en plus restreinte. Il est devenu le spécialiste de la couleur noire parce qu'elle n'est pas couteuse. Et cette maxime de lui : “C'est la lumière qui coûte le plus cher”, penses-tu que c'est vrai ? »

Intarissable, elle n'attend pas ma réponse :

« Je dois aller voir Titia chez les Van Loo. Elle n'a pas un an et elle est déjà orpheline de ses parents. Ah, tu ne savais pas, Titus est mort sans avoir pratiquement connu sa fille, sans avoir revu son père. Magdalena n'est pas encore décédée, mais c'est tout comme, elle a une mauvaise fièvre. J'espère que les Van Loo voudront bien garder Titia chez eux. Je ne peux pas m'occuper d'elle. Je vais te dire quelque chose, Comenius... »

L'avalanche de ses mots s'arrête, elle me regarde droit dans les yeux, plus grave que jamais :

« C'est moi qui aurais dû mourir, pas Titus. Je ne suis pas le fils. Il était marié, il avait un enfant. C'est Titus qui aurait dû rester en vie.

— Que dis-tu, Cornelia !

— C'est vrai ça. J'aurais donné ma vie pour mon frère. J'ai bien senti la souffrance de Rembrandt quand Titus est mort. Sa douleur de le perdre était plus forte que son bonheur de me voir vivre.

— Tu te trompes, ma fille. Si tu savais...

— C'est toi qui te trompes, tu ne comprends pas. Est-ce qu'on peut être père et Rembrandt à la fois ?

— Tu n'as jamais vu les dessins dans le portefeuille de ton père ?

— Non et non. Son portefeuille sous haute surveillance ? Enfin, ça n'a plus d'importance. Je me rappelle ma mère, Hendrickje. Je garderai son souvenir en plus de celui des tableaux que Rembrandt a pu faire d'elle. Ils ne lui ressemblent pas vraiment. Elle en riait. Mais cette petite, ma nièce Titia, elle n'aura pour souvenirs que le double portrait de Titus et de Magdalena. Tu ne les as pas vus. Il les a peints l'année dernière. Magdalena avait déjà le visage blanc et le regard éteint. Titus était beau. Il a toujours peint Titus à son avantage, *bellissimo* comme disent les Italiens. Cela ne devrait pas exister, un vieux peintre malade qui réalise le portrait d'un jeune couple qui meurt avant lui. Qu'en penses-tu, Comenius ? Quand même, j'aurais aimé que ce soit toi qui l'aies ton portrait. Si tu veux, tu pourras prendre un autre tableau, le veux-tu ?

— Je ne suis pas venu pour un autre tableau. Je suis venu le saluer.

— Rien pour moi ? J'espérais une lettre de Suzana.

— Je suis désolé, Cornelia. Peter et toute sa famille, Suzana y compris, sont depuis deux ans en Lituanie.

— Je sais, elle m'avait prévenue dans sa lettre précédente, les mois ont passé depuis.

— Les lettres prennent plus de temps. On croise toujours quelques champs de bataille sur la route.

— Tout le monde s'éloigne…

— Voici quelques nouvelles : le comte Boguslaw Radziwill a engagé Peter comme prédicateur à la cour de Klaipéda. La charge est importante, même si la communauté n'y est pas très nombreuse, bien que très diverse. Mis à part des Lituaniens, des Russes, des Polonais, ce qui n'étonne guère, des familles originaires d'Écosse, d'Allemagne et des Pays-Bas habitent dans la région. Peter peut s'adresser à tous dans leur langue. Elle t'écrira, j'en suis sûr.

— Oui. Enfin, j'aimerais bien. Je ne sais pas si sa lettre me trouvera.

— Pourquoi cela ?

— Je vais partir. Loin d'ici. Je n'attends plus rien de lui. Loin, son nom me pèsera moins. Impossible pour lui de quitter sa rue, alors sa fille vivra loin. Je l'ai décidé depuis longtemps. »

Et pour la première fois, elle sourit à l'idée de son départ.

« En partant, reprends ton livre, *Orbis pictus*. Je n'en ai plus besoin. Tu l'offriras à un autre enfant assoiffé de savoir.

— Tu en es sûre, ma fille ?

— Oui, oui. Je vais partir, voyager. Voir par moi-même toutes les merveilles du monde. Je veux voir autre chose que ses dessins et ses gravures de copies rapportées des lointains par d'autres. C'est décidé. Merci pour cette lecture. Avec cette grammaire du monde, je pars moins ignorante.

— Tout de même, quel voyage penses-tu entreprendre ?

— Ne t'inquiète pas. Jan Six, même si ses relations avec Rembrandt s'étaient dégradées, a promis de prendre soin de moi. Et puis, j'ai seize ans, je ne suis plus une enfant. Je vais me marier bientôt avec Cornelis. Ne t'inquiète pas. »

Est-ce que le peintre avait raison, en s'opposant à l'ouverture trop précoce des portes du monde à la jeunesse ? J'observe la jeune fille, fort probablement amoureuse de ce garçon qui l'attend dehors. Elle a les joues roses, la beauté robuste de sa mère, une flamme dans l'œil, un regard clair, décidé.

Je monte l'escalier en mesurant la hauteur de chacune des marches ; il n'a jamais grincé aussi fort. Fort comme ma respiration. Cornelia m'aide. Je m'arrête au milieu. Je remarque sur elle le plus beau des contrastes, le noir du velours de sa robe fait ressortir la blancheur de sa peau. Ses boucles blondes rehaussées de reflets dorés et cuivrés lui offrent le meilleur cadre qui soit pour son visage si enfantin et pourtant d'une femme déjà mûre.

« Tu devrais enlever ton manteau. Il est trop lourd pour toi, surtout avec la pluie. Donne-le-moi, je vais le mettre à sécher devant la cheminée.

— Mon enfant, j'espère bien qu'on le mettra avec moi dans ma tombe. »

C'est la seule chose qui m'accompagne depuis que j'ai quitté mon pays.

Elle sourit doucement :

« Tu sais, ces derniers jours, il a fallu lui installer un chevalet sur le ventre. Il exigeait qu'on le cale avec des tissus, et lui-même, il fallait l'entourer d'oreillers. Il travaillait jour et nuit pour ainsi dire. Surtout de nuit, il ne voyait presque plus rien. Pour la soupe, il fallait le nourrir. Il fallait changer ses linges, nettoyer ses pinceaux sous son regard, mais interdiction de toucher à sa palette et à sa toile. La nuit, il ne demandait pas la bougie, mais exigeait sa palette et des pigments prêts à l'emploi. C'est moi qui les préparais, il m'avait tout appris. Bien obligé, tous les apprentis ont déguerpi comme des rats, que veux-tu. Ce dernier tableau ne vaut rien. Tu verras, enfin, si tu peux y voir quelque chose.

— Excuse-moi, Cornelia, je n'y comprends rien.

— Comment as-tu su ?

— Mais savoir quoi, mon enfant ?

— Il attend là-haut. Tu es le premier. »

Cela fait deux fois que Cornelia me le dit.

« Le premier ?

— Tu es évêque, n'est-ce pas, un homme de Dieu ? Tu peux aussi prier. Comment as-tu su que mon père était mort ?

— Mort ? »

L'escalier se dérobe sous mes pieds.

« Tu es venu. C'est sûrement un ange qui t'a prévenu », dit Cornelia.

Je me laisse choir sur une marche.

« Personne d'autre ne viendra. Il n'y a que les créanciers qui se pressent autour du cadavre des pauvres, comme des vautours. Chez nous, ils se servent depuis des semaines. Il fera le mort le plus discret d'Amsterdam. »

Elle m'aide à me lever, m'accompagne dans l'atelier, près du corps de son père. Impatiente de quitter cette pièce, cette maison, sa condition d'enfant, elle souhaite ma bénédiction. Je ne sais pas si elle a eu celle de son père. En tout cas, il ne peut plus l'empêcher de vivre comme elle l'entend, il ne peut plus l'aider non plus.

« Il était d'abord et toujours Rembrandt, le peintre, même pour moi. Le peintre, c'est tout. Débordé par lui-même.

— Tu dois croire en son amour pour toi. Je peux en témoigner. Tu me crois, moi ?

— Il faut que j'y aille. »

Le cœur lourd, je le vois, elle s'en va, son amoureux l'attend dehors. Elle dévale l'escalier à pas rapides, à m'en rendre jaloux. Je peux imaginer le bas de sa robe qui ondule, se soulève, retombe, sa poitrine également. Elle a raison, elle n'est plus une enfant. Il faut qu'elle se marie vite. Qu'elle le veuille ou non, c'est à elle que reviendra de faire l'inventaire de son père et du peintre Rembrandt. Cornelia peut courir aussi vite qu'elle le peut, elle n'échappera pas à sa lourde tâche.

LE PORTRAIT

Rembrandt est mort. Quel impoli, mourir avant moi !

Rembrandt est mort. La phrase est claire, le fait est simple. Un cœur s'est arrêté de battre. Sur le lit, le corps d'un homme. C'est Rembrandt. Ça l'était. Il est immense et tout petit à la fois.

Au milieu de la pièce se trouve un grand lit, massif. Il est fait d'un bois noble qui m'est familier. On ne se départit pas d'un bois d'une telle qualité, et qui renferme l'histoire de toute une vie. L'immense et somptueuse table autour de laquelle se construisait une famille ne pouvait pas être sortie entière de la maison précédente ni rentrer dans celle-ci. Elle a été démontée, découpée, transformée.

Près du lit m'attend mon siège favori. Il n'y a pas d'autres chaises ou de fauteuils pour accueillir les gens. Mis à part moi, Cornelia n'attendait vraiment personne. Arrivé le premier, certes, mais trop tard.

Dans l'immobilité du corps inerte, je perçois les prémices de l'éternité. Lui, il était intéressé par l'immortalité qui n'a rien à voir avec le corps. Il m'est difficile de recouvrer la parole pour m'adresser à lui. Je comprends pourquoi la veillée funèbre doit durer.

Le jour pénètre dans la chambre par une fenêtre grande ouverte. Malgré les toiles en lin remontées, peu de lumière passe. Le ciel est avare aujourd'hui. Sur le monde mat et lourd pèse le mois d'octobre gris et humide. La pénombre se prélasse dans les coins de l'atelier, gagne en épaisseur comme pour souligner que cette pièce n'est plus habitée. La respiration de l'homme ne fait plus vibrer l'air ni voler la poussière. L'immobilité règne. Je la dérange si peu. Et ces odeurs chargées d'ingrédients déconcertants… On aimerait ouvrir d'autres fenêtres en grand, faire entrer un courant d'air. Impossible. Le vent se serait chargé des feuilles de papier déposées un peu partout. Il faut d'abord faire l'inventaire. Trier, regarder, juger, garder, jeter.

De l'autre côté du lit, le chevalet, la palette posée par terre, les pigments qui sèchent. Ils ne serviront plus. Le peintre est mort, plus présent que jamais dans la pièce. Allongé sur son lit, sa barbe, ses doigts sales, il a peint jusqu'au bout. Le bonheur ressemble peut-être à cela, accomplir jusqu'au bout ce pour quoi nous sommes faits.

Comme on se retrouve, le modèle et son peintre. Cette fois-ci, je peux l'observer en toute tranquillité, sans avoir le sentiment de le déranger dans l'intimité de son travail. Comme s'il m'attendait, et j'espère qu'il m'attendait, je l'entends soudain crier, son rire gras résonner dans l'atelier : « Ah, te voilà, mon grand hérétique devant cet Éternel avec lequel tu n'arrêtes pas de t'entretenir. »

Prier pour Rembrandt ? Pour son âme ?

Il est l'un des rares que j'ai la possibilité de veiller. La majorité des morts parmi mes amis m'était annoncée par lettres, des missives tristes et emplies de compassion.

Pas de correspondance avec Rembrandt. Il est le seul à qui je n'ai pas réussi à écrire, alors que je n'ai pas hésité à prendre la plume pour invectiver, conseiller et corriger les rois et d'autres puissants ou savants de ce monde. Sûrement de peur que Rembrandt ne jette ma lettre au feu.

Mes autres écrits, Daniel, Peter, mes filles, mes collaborateurs s'en chargeront, les publieront, les feront vivre, j'espère. J'espère. Deux mille pages de mes écrits et toutes les lettres, la tâche est colossale.

Mon ami, oui, je t'appelle ainsi, pour la première fois peut-être, mon ami, tu me demandais après quoi j'ai couru pendant toute ma longue vie. Comme toi. J'ai couru après la survie de ma famille. Et celle de mon œuvre, puisque dans ma prodigieuse vanité que tu m'as assez reprochée, je suis persuadé qu'elle a une valeur. J'en suis venu à te courtiser, pour obtenir de toi mon portrait, attester ainsi de mon importance, garantir la postérité de mon nom grâce au tien. Tout cela pour que mon portrait se retrouve dans les collections médicéennes. Voilà qui est original.

Te rends-tu compte ? On brocarde déjà mon travail dans les couloirs de la bibliothèque, dans les correspondances, dans la grande salle de la mairie d'Amsterdam, à la Bourse. Tu me traitais d'aveugle en te moquant : « Tu parles d'amour à ceux qui ne comprennent que la valeur de l'argent. »

Ma seule réponse : Que cela ne soit pas tenu pour tel n'empêche pas que cela soit. Je sais que je suis un mauvais héros, les critiques pleuvent sur ma tête.

Les théologiens sont offusqués par ma volonté de concilier la foi et la raison. J'en suis convaincu. L'homme est perfectible. Ils refusent cette idée et ne tentent même pas d'en faire l'expérience, de donner à l'humanité une chance de se parfaire. Ils ont, peut-être, l'impression que je ne parle pas assez de Dieu, que je le néglige. Sont-ils davantage fâchés de mes efforts de réunir toutes les Églises, alors que je ne demande qu'un petit renoncement de chacune pour une grande cause chrétienne ? Chercher ce qui rassemble au lieu de se draper dans ce qui sépare, est-ce si difficile ? Ils craignent mes écoles, comme s'ils redoutaient qu'on puisse aimer Dieu et le confesser de la même manière.

Les philosophes me reprochent mon optimisme, ma confiance inébranlable dans les capacités de l'homme à se perfectionner au fur et à mesure qu'il progresse dans la connaissance du dessein de Dieu et dans l'espoir de la paix. Mais moi, sans la foi en la venue d'un monde meilleur, qui suis-je ? Sans la foi en la connaissance libératrice, quel sens donner à mon œuvre ? Que je considère le mystère de la foi à l'égal de la raison, cela les chagrine. Ils sont circonspects. La position de Descartes est finalement confortable. Il est séduisant de doter l'homme de la raison puissante qui réglera tout, de minimiser le sentiment, dire que la religion n'est qu'une coutume. Je réduis, je sais bien. Mais je dis que les sentiments et la révélation nous instruisent, tout comme la raison. Cela déplaît.

Les mêmes accusations viennent de la part des hommes de science, mais je me suis tant de fois exprimé sur le sujet. On ne découpe pas l'homme en morceaux, on le prend dans sa totalité. Suis-je un utopiste ? Je l'assume. Sans le rêve, sans l'espoir de la lumière au bout du chemin, comment avancer ?

Toi, le peintre, tu seras d'accord avec moi : parfois, l'illusion et le rêve nous conduisent plus sûrement vers la vérité que la réalité, n'est-ce pas ?

Et que dire des critiques de mon latin, trop vulgaire, populaire ? Que je dévalue Horace ou Ovide en utilisant un latin plus simple et compréhensible par tous ? Mais pour arriver à l'apprécier, il faut acquérir les bases, afin de se sentir en sécurité et à l'aise. En quoi serait-il gênant que les gens qui n'ont pas suivi tous les degrés d'études comprennent Horace, quand bien même ils éprouveraient des difficultés à s'exprimer comme lui ? Ou bien, la gêne se situe-t-elle ailleurs ? Le latin sophistiqué et précieux devrait-il rester réservé aux élites, et ainsi priver les gens ordinaires de ce qui est beau ? Ces savants conservateurs tueront la possibilité des peuples de parler une langue commune à tous. Cette langue n'a plus de territoire, plus de peuple qui la revendique comme la langue maternelle, elle pourrait nous unir. Ils feront du latin une langue morte à force de vouloir la préserver.

Je retourne mes questions dans tous les sens. Je suis persuadé qu'un jour, on comprendra que l'homme est un creuset qui ne demande qu'à être nourri, cultivé, et que chacun peut devenir quelqu'un d'instruit, même un érudit, en tout cas un être libre. Je rêve et je radote, je sais. Tout est dans les deux mille pages que tu ne liras pas.

Cher ami, la longue liste de mes remords continue. Figure en bonne place cette lettre adressée au roi de France, Louis XIV. Je crois bien y avoir stipulé et exposé tout ce que j'avais à lui dire.

Le Roi Louis n'a pas daigné réagir à ma lettre. L'a-t-il seulement reçue ?

Le mieux, c'est encore de ne pas avoir de rois. Nous avions bien ri à cette idée, tu te souviens ? Imaginer la France sans roi, en république par exemple. Comment penser l'Espagne sans roi ? Je me suis même pris à rêver que la famille Habsbourg ne régnait plus sur mon pays, que la république, sur le mode des Provinces-Unies, était devenue le système de société le plus répandu, et que, enfin, une fédération remplaçait le pouvoir concentré en une seule personne. Plus d'empereur. Plus d'empire. Et grâce à ce renoncement aux empires pourrions-nous enfin nous mettre à table d'égal à égal ?

« Il faudrait donc commencer par se défaire de tous les rois ? », avais-tu répliqué, et nous en avions ri de plus belle.

Jadis, la puissante Rome fut une république, non ? La légende dit que la république est advenue par suite du suicide de la belle Lucrèce violée. Tu l'as peinte, deux fois. La république née dans la tragédie…

Je garde bien en mémoire que tu n'aimais pas que je prenne Rome comme exemple. J'ai raillé ton aversion pour elle, qui n'a rien à voir avec Rome elle-même. Plutôt que de t'y rendre et d'en faire le tour, comme y sont quasiment contraints les jeunes peintres, tu as fait un autre choix. Apprendre l'Italie depuis chez toi grâce aux gravures et copies que tu as étudiées ; ensuite, la conquérir par ton art unique.

Ah, tu t'étais défendu en demandant pourquoi il serait utile d'aller chez les catholiques pour copier leurs œuvres. N'était-on pas capable d'en réaliser d'aussi bonnes, voire de meilleures, en Hollande ?

Très bien. Il n'en reste pas moins qu'emprunter à « l'ennemi » le meilleur est toujours bénéfique si l'on sait en faire bon usage. Je ne te blâme pas, comment le pourrais-je ? Un génie se tient au-delà de toute critique, n'est-ce pas ?

À côté de ton corps sans vie, je ris tout seul en tapotant ta main froide, mais que cela ne trompe personne. Je crois que c'est bien la première fois que je te touche, et je me dis que ta réponse aurait claqué dans l'air : « Rien de surprenant, le génie est intouchable ! » Je dois te dire une chose, mon ami, il est bien commode de discuter avec toi depuis que tu es mort. Tu ne m'interromps pas. Mais ta voix me manque. Ton rire, ta colère. Ta faim du monde et ton geste délicat pour déposer un trait sur la toile. Je suis un homme heureux de t'avoir vu travailler.

Pour en revenir aux rois, je n'aurais pas dû envoyer la lettre à Louis XIV, mais la faire imprimer sur des feuillets en plusieurs langues et les distribuer partout, la faire lire dans les parlements et assemblées, la faire crier sur les marchés, dans les auberges, les églises et les temples. Ainsi cette lettre aurait été partagée, son contenu débattu, il aurait mieux pris racine. Oui, pouvoir un jour placarder des idées sur les murs et imaginer que tous les gens peuvent les lire, s'instruire… C'est un autre regret que je vais emporter avec moi dans la mort.

As-tu appris que mon mécène, Laurens de Geer, est mort jeune ? Heureusement, sa famille continue de respecter notre contrat. Marguerite, elle, toujours en vie et bien portante, admire tous les jours son portrait à ce qu'on m'a dit.

As-tu su que La Nouvelle-Amsterdam est définitivement devenue Nouvelle-York ? L'Europe finit et commence dans ce

New York, comme disent les Anglais. Cet enfant libéré de l'Europe va voler de ses propres ailes, ni Provinces-Unies ni Angleterre ne pourront garder la main mise sur la colonie. Voilà la nouvelle frontière qui définit aussi l'Europe.

Et as-tu su que la peste s'était épuisée à Londres ? Tu disais qu'un jour elle serait repue. C'est le grand incendie de la ville qui a aidé à la stopper. Londres se remet progressivement de ce désastre. J'espère qu'ils en profiteront pour reconstruire une belle ville, et qu'on n'oubliera pas les nouvelles écoles. Mes plans sont à leur disposition.

Tu pourrais continuer à en rire, de cette idée de construire des écoles contre les guerres, contre les fléaux et contre les épidémies.

Toi, tu as bien fait de la peinture.

Nous partons sans éclat dans l'ombre du temps qui galope. Un jour, on regardera tes tableaux, et on dira « voilà Rembrandt ! ». Tu en étais certain. Je le suis aussi. Et qu'un jour, on dira « voilà un Rembrandt », en désignant mon portrait. Est-ce que mon nom résonnera à côté du tien ?

Ce soir, on ne fermera pas les volets des fenêtres pour signaler la présence d'un mort à l'intérieur. Les odeurs de la rue et celles de la maison s'entrelaceront. Plus de frontière entre le dehors et le dedans, la mort réunit tout, elle fait le lien.

Cette nuit, les croque-morts vont arriver avec des lanternes, tout vêtus de noir, ils s'occuperont de ton corps, t'enfileront des vêtements propres. Cela dit, ta chemise de nuit sale te va bien. Elle porte à la fois l'empreinte de ton corps vivant et les marques de tes derniers gestes de peintre : un hommage, une confirmation, une fin digne de toi. Il faudrait garder ton étole en soie qui enturbanne ta tête, avec la petite perle piquée dedans. Coquet jusqu'au bout.

Mais il ne s'agit plus de toi. Il s'agit désormais de la famille. Elle doit affronter le regard du monde qui la jugerait, si les bons usages n'étaient pas respectés. Une fois mort, on ne s'appartient plus. Dieu examine notre âme, les hommes notre héritage.

À deux hommes, ils n'arriveront pas à soulever le corps. C'est bien la preuve que l'âme nous élève. Grâce à son souffle, il se tenait debout, il peignait.

Sur le chevalet à côté du corps, le tableau, son testament.

Mes yeux faiblissent chaque jour un peu plus. Pour lire et écrire, il me faut une loupe de plus en plus puissante, mais le tableau de Rembrandt, je le vois clairement. Et je le vois, lui, dans chaque touche, partout. Il n'avait plus besoin de la lumière pour peindre, il avait la lumière en lui, pouvait peindre les yeux fermés, l'âme ouverte.

Entre tes mains, tu tiens le pilon. L'outil premier. Écraser la pierre, pour en extraire le pigment, pour pouvoir fabriquer la peinture. Écraser le grain, en faire de la farine. Écraser la matière, pour faire surgir la lumière. Une touche et le tableau prend vie, une autre et elle le tue. Tu étais conscient de ton pouvoir.

Dans la poche de mon manteau, mis à part les plumes, je garde toujours une poignée de grains de blé. Mes doigts jouent souvent avec, les caressent. J'aime penser qu'ils viennent du moulin de mon père. À écraser, ou à planter. Il n'y a qu'entre tes mains que j'aurais pu confier ces grains pour en faire de la farine. J'espère en avoir planté quelques uns qui pousseront au-delà de ma mort.

Ton dernier tableau. L'odeur rance d'huile de lin révèle la fraîcheur de ton travail. La peinture, encore souple, vivante, le restera longtemps. Ce fut pour toi une course contre le temps, tu n'as pas dû utiliser de siccatif entre les différentes couches, trop impatient de poser tes gestes, d'achever ta toile. Ta vanité, si humaine, t'a fait croire que tu allais gagner cette épreuve. Le voile de la mort se glissait entre toi et ta peinture, mais cela n'a pas suffi à t'arrêter. Toi le vorace, tu devais pester contre ton appétit qui s'amenuisait. Les misères corporelles de ton âge se liguaient contre ton esprit vif et curieux. Une souffrance supplémentaire. Mais tu n'as pas dû jouer à cache-cache avec ta propre fin. On ne la fuit pas. Tu ne l'as pas fuie.

Devant ta dépouille, j'assiste à la naissance de ton immortalité.

Mes doigts parcourent la surface de la toile, doucement, rencontrent les diverses touches de Rembrandt, d'abord rapides, nerveuses. Ah ! Là, il a dû œuvrer plus lentement, la fatigue devait le gagner. Une fois le fond préparé, les masses réparties, il a choisi des pinceaux fins, les sillons sont étroits, ni trop longs ni trop courts. Je recommence le voyage, de l'angle droit en haut vers le milieu, puis vers l'angle droit en bas, de nouveau le milieu puis à gauche, en haut et en bas, plusieurs fois, j'invente mon propre chemin sur le tableau qui s'entremêle avec les traces du peintre. Dans la pénombre devant moi surgissent les personnages.

Sur le fond noir se découpe un vieillard courbé, mal assis, la barbe ébouriffée, quelques cheveux en bataille en bas de son crâne ailleurs dégarni, un long manteau, un peu lourd pour ses vieilles épaules. Le vieillard tend les bras devant lui. Un geste de mendicité ? Que demande-t-il ? À qui ? Les lèvres entre-ouvertes, prie-t-il ? Ses bras seraient-ils tendus vers l'Invisible ? Son visage m'est familier, et ses yeux, des trous noirs, m'attirent. Le vieux Siméon, convaincu que, malgré sa cécité, il va rencontrer Dieu, tient dans ses bras un nouveau-né emmailloté, sans défense.

Le tremblement des mains de Rembrandt, signe de son vieillissement, prodiguent à sa peinture une impression de vie.

Il m'a parlé de son premier Siméon, peint à Leyde alors qu'il avait à peine vingt-cinq ans. Il voulait y décrire le miracle de la rencontre du vieux Siméon avec l'Enfant Jésus. La mère, Marie, était agenouillée avec Joseph dans l'immense espace d'une église, en présence d'un grand nombre de personnes. Il avait habillé tous les personnages richement, des vêtements brodés et colorés. Bien que la lumière émanât de l'enfant posé sur les bras de Siméon qui levait ses yeux vides vers le ciel, en guise de remerciement, ce n'était que faste et spectacle ! La foi exposée, jetée à l'admiration de tous, avouait-il. Ne manquaient que des applaudissements, l'enthousiasme et l'approbation du monde, de cette foule qui se bousculait dans le grand escalier, qui occupait toutes les places du temple.

Une œuvre de jeunesse.

Son dernier tableau raconte une autre histoire.

La jeune femme a dû poser le nourrisson dans les bras tendus du vieil homme. Peut-être le temps d'ajuster son fichu, d'étirer son corps avant de reprendre, de nouveau, la charge du monde dans ses bras. Elle ne figure pas dans le tableau, quoiqu'elle y soit d'autant plus présente par la grâce de sa confiance à abandonner son bébé, quelques instants, dans les bras d'un vieil aveugle. Un homme qui prie est-il digne de confiance ? Rembrandt, quel est le sujet de ton dernier tableau ? Non, il ne parle pas de la foi, mais de la confiance, il ne s'agit pas de Dieu, mais des hommes. Même celui qui ne connaît pas l'histoire de Siméon, qui ne peut pas la lire, comprend le tableau, en est troublé, ému par l'image de l'homme tenant dans ses bras son futur inaccessible.

Je suis touché et réconforté de retrouver cette idée que j'ai essayé de transmettre au monde. Le peintre résume mes écrits dans son dernier tableau. C'est limpide. Il lui a fallu toute une vie pour le faire.

De cet enfant, l'amour, l'éducation et l'instruction feront un être humain accompli. Il est notre avenir à tous les deux.

Mes doigts auscultent la surface et se régalent, je sais que tu m'en donnes le droit, je caresse l'enfant. Sa peau est douce, des linges l'enveloppent comme il faut, sans le serrer, sa tête est couverte d'une coiffe, l'enfant est sage, attentif, ne pleure pas, ne gigote pas. Là, où le monde se trouve, il y a de la matière. La vie dans son essence, c'est la lumière. Tes blancs sont épais, ils respirent longtemps. Le noir est maigre. Nuancé, bien sûr, on ne peut pas bâcler les ombres du monde. Mais tous les noirs ne se valent pas. Ils ne produisent aucun effet, ne vibrent pas s'ils sont plats, lourds, uniformes, sans esprit. J'ai retenu ta leçon : la matière ne peut exister que grâce à l'ombre qui la révèle, la soutient et la magnifie, lui donne la force, l'éclat… l'ombre façonne. Ce sont tes mots.

Aujourd'hui, je commence à comprendre quelque chose de fondamental. Tout est lié. Moi, vieillard, je vois l'enfant qui pourrait être mon fils ou ma fille que je n'ai jamais pu voir.

Il s'agit aussi de toi, Rembrandt. J'entends ta grande question : « Est-ce que j'ai été un bon père ? » Pour ton fils Titus, mort avant toi, pour ta fille Cornelia, orpheline trop tôt, pour ta petite-fille Titia qui ne gardera aucun souvenir de toi. Dans ce tableau, Rembrandt, tu dis que l'on devient père dès que l'on désire l'enfant, l'humanité dans son innocence.

Chacun peut parfaire avec son cœur cette œuvre en apparence inachevée, c'est le cadeau suprême que le peintre nous a donné. Continuer à peindre son tableau, continuer à penser, à sentir, à pleurer avec lui, continuer…

Il y a toujours quelqu'un qui nous regarde.

Je dévisage Siméon, l'homme aveugle, animé par sa seule foi en Dieu, et l'enfant encore aveugle, l'avenir devant lui. Il a peint notre meilleur portrait. J'aime être le vieux Siméon, j'aime être l'enfant.

Que l'on regarde ou pas, Siméon et l'enfant sont là. Si Siméon espère en l'enfant, celui-ci a besoin des bras d'un Siméon. Sans les bras tendus, pas d'histoire. Sans l'enfant, pas d'avenir. L'enfant, l'ultime lumière.

Sous mes doigts, je sens sa respiration sur le tableau, l'impatience de ses gestes, j'aime cette illusion de le connaître. Il se peut que je l'aie connu vraiment. Je peux partir, quitter son corps sans vie, Rembrandt n'a pas besoin de mes prières, il est déjà sauvé. Sa gloire assurée.

Amsterdam, décembre 1670

Ma chère Cornelia,

Je suis rentrée à Amsterdam, après ces cinq années, ou presque, passées en Pologne et en Lituanie. La ville a changé, toujours plus vaste et plus majestueuse. Le plaisir du retour se confond avec la tristesse des dernières nouvelles dont je vais te faire part.

Peter est mort d'une pneumonie en janvier de cette année. On craignit que cette nouvelle ne terrassât notre père sur-le-champ, mais ce ne fut pas le cas. Ma sœur Alžběta, était revenue déjà au printemps. D'être entouré de ses cinq petits-enfants était son souhait, comme celui de ma sœur.

La mort l'a saisi à la mi-novembre, dans son lit, la plume à la main, écrivant jusqu'à son dernier souffle. Je suis arrivée trop tard pour lui dire adieu et obtenir sa bénédiction. Trop tard encore pour le mettre en terre. Cependant, la famille de Geer a tenu ses engagements, en prenant en charge l'organisation et les

frais de l'enterrement. Comenius repose dans une église à Naarden, sa mémoire est ainsi préservée.
Avant de me rendre rue Rozengracht, mes pas m'ont menée à Westerkerk, j'ai prié sur la tombe de ton père.
Sur les conseils du docteur et de la femme du boucher, j'ai envoyé ma lettre à la Maison des artisans à Batavia, siège de la Compagnie néerlandaise des Indes orientales. Ils m'ont appris ton mariage avec le jeune peintre Cornelis Van Suythof. Du plus profond de mon cœur, je vous adresse mes vœux de bonheur. Le docteur m'ayant montré ton billet, je sais que tu es mère d'un fils, né au mois d'août et qu'il porte le nom de son grand-père.
Soit une mère magnifique, aime-le.
Ce sont les enfants – je sais que je ne serai jamais mère – qui sont la cause de mon retour tardif de Lituanie. Il restait beaucoup de travail à accomplir là-bas, à l'école. Les quitter, ainsi que l'école, a été très douloureux. Je n'y retournerai pas. Comment y rester sans Peter, sans sa protection et l'assurance que me donnait la confiance qu'il m'accordait ?
Si cette lettre te parvient, pour me répondre, adresse-toi à ma sœur Alžběta, rue Prinsengracht. Elle saura faire suivre ton courrier. Ma route n'est pas définitivement tracée. Je souhaite poursuivre l'œuvre commencée par mon père et Peter, prendre soin des enfants, des orphelins, enseigner. Mais personne ne veut de mes services, de mes connaissances et de mon expérience. Trop peu de seigneurs et de puissants reconnaissent le droit et l'aptitude des femmes à exercer des tâches jusque-là réservées aux hommes. Je le regrette.
Mais je vais solliciter, en priorité, ceux qui honorent la mémoire de mon père, je vais faire appel à leur grandeur et les prier instamment de me confier la charge d'enseigner aux orphelins de leur

seigneurie. Il faut les convaincre et faire valoir l'intérêt qu'ils pourraient y trouver. C'est la voie à suivre. Évoquer tout autre intérêt risquerait de les heurter et de les détourner de mon projet.
Ma chère Cornelia, notre amitié est née grâce à celle de nos pères. Que Dieu nous aide à l'entretenir, la faire croître, en dépit de la distance qui nous sépare. Je suis impatiente d'avoir de tes nouvelles.

Suzana

Note de l'auteur

Le fin mot de l'histoire ou bien son début...

J'ai porté en moi ce regard, je suis ce regard, et si je tente de m'en défaire, une grande souffrance me saisit.

La galerie des Offices, à Florence. Les salles, l'une après l'autre, les couloirs interminables, brodent la ville comme on conte une histoire ; des œuvres d'art, nombreuses, magnifiques, célèbres ou plus intimes, nous y accueillent. D'un endroit de cette force et de cette beauté, visiteur curieux ou promeneur contemplatif, nous ne sortons jamais indemnes.

Arrêtée, happée par un regard, je suis clouée sur place devant le portrait d'un vieillard dans un fauteuil. La palette, la touche, la lumière, le cadrage, le regard, le tableau me parle, ou plutôt, ils parlent, aussi bien le sujet que l'artiste, tout m'est familier bien avant que je ne cherche à confirmer le nom du peintre, le nom du vieillard. Je le sais déjà, mais de là à dire que je les connais ? Parmi toutes ces œuvres, pourquoi celle-ci plutôt qu'une autre me parle-t-elle ?

Perdue dans le regard profond et lumineux du vieillard, je me sens étrangement chez moi, dans une humanité généreuse, sans pouvoir distinguer si c'est le traitement du sujet ou le sujet lui-même qui me procure ce sentiment.

Ce tableau sans titre, ni signature, et dont la date de réalisation est incertaine – probablement au milieu des années 1660 –, a été, trois siècles plus tard, attribué à Rembrandt, par l'historien d'art et spécialiste de ce peintre, Ernst Van de Wetering. Il est depuis communément admis que ce *Portrait d'un vieillard*, est bien celui de Comenius.

Jan Amos Komenský, dit Comenius (1592-1670), théologien, grammairien, pédagogue, philosophe et humaniste tchèque, fait partie de mon Olympe personnel. Il est parfaitement ancré dans la conscience collective tchèque ; dans chaque commune de mon pays qui possède au moins deux écoles, l'une d'elles porte le nom de cet homme, tout comme en France chaque commune a sa place Charles-de-Gaulle ou son école Jules-Ferry. Pourtant, son regard me dit : « J'ai vécu un peu partout, sans jamais avoir un foyer où revenir. »

Rembrandt (1606-1669), est l'un des peintres majeurs de notre histoire, celui qui, à travers son regard, a découvert l'homme dans sa singularité. Il nous intime de regarder le monde en face, mais aussi de nous regarder et nous voir tel que nous sommes.

L'un comme l'autre est habité par la même soif – trouver le chemin vers la vérité, la justesse, l'universel. Rembrandt choisit le chemin du particulier, de l'unique pour trouver l'humanité. L'Art est un tout. L'exceptionnel. Comenius, à travers ses voyages et séjours dans différents pays, cherche la meilleure méthode pour s'adresser à tous, s'acharne à construire la meilleure voie vers la paix. Si de leur siècle on retient la maxime de Descartes : « Je pense donc, je suis »,

Comenius nous rappelle qu'il faut rêver et avoir la foi en un monde meilleur, que l'utopie est possible, et il nous en donne le mode d'emploi.

Debout devant le tableau, je ne sais combien de minutes, d'heures sont passées, le temps n'a aucune importance. On dit que le peintre exigeait des poses durant des heures à ses modèles et ce pendant plusieurs mois… Voilà que s'ouvre alors la porte de mon imagination pour rêver et construire une suite de conversations entre ces deux hommes, comme une fugue qui tend vers l'infini. Le regard sombre et bleu transparent du vieillard dans son fauteuil m'invite à participer aux séances de pose. De la naissance du portrait à son achèvement, de la rencontre entre l'artiste et son sujet à la signature du peintre, je suis avec eux dans l'atelier, presque impudique j'écoute, j'entends, je regarde, je vois.

Le roman est né là.

Ouvrages cités de Comenius

Didactica magna, écrit entre 1627 et 1632, publié en 1638 à Leszno ; puis publié dans le recueil *Opera didactica omnia*, en 1657, à Amsterdam.
Traduction française : *La Grande Didactique ou l'art universel de tout enseigner à tous* (1627-1632), trad. de Marie-Françoise Bosquet-Frigout, Dominique Saget, Bernard Jolibert, 2e éd. revue et corrigée, Paris, Klincksieck, 2002.

Methodus linguarium novissima, 1649.
Traduction française : *Novissima linguarum methodus. La toute nouvelle méthode des langues*, éd. et trad. par Honoré Jean, sous la dir. de Gilles Bibeau, Jean Caravolas et Claire Le Brun-Gouanvic, Genève, Droz, 2005.

Orbis sensualium pictus, écrit entre 1652 et 1654, à Sárospatak ; publié en 1658 à Nuremberg. Il n'existe pas de version française récente à ce jour.

Remerciements

Qu'ils soient chaleureusement remerciés ici pour leur écoute et lecture attentive et tangible :

Jean-Louis Civade, Martin Daneš, Anne Delaflotte Mehdevi, Henri Girard, Pascal Jaubert, Caroline Laurent, Régis Louvet, Valérie Walfard, Elisabeth Widrow, et tout particulièrement mes éditeurs Laure Defiolles et Jean-Maurice de Montremy.

Merci au Centre tchèque de Paris de m'avoir accueillie en résidences d'études et d'écriture pour ce roman.

Cet ouvrage a obtenu le soutien de la bourse d'écriture du CNL.

Cet ouvrage a été composé par IGS-CP
à L'Isle-d'Espagnac (16) et achevé d'imprimer
par Normandie Roto Impression s.a.s., à Lonrai (61) en novembre 2021.
Imprimé en France
Dépôt légal : janvier 2022 – N° impression : 2105483